바다의 뚜껑

바다의 뚜껑

요시모토 바나나 • 김난주 옮김

민음사

차례

바다의 뚜껑
11

옮긴이의 말
153

바다의 뚜껑

하라 마스미

여름의 마지막 해수욕 누가 제일 늦게 바다에서 나왔나
그 사람이 바다의 뚜껑 닫지 않고 돌아가
그때부터 바다의 뚜껑 열린 채 그대로 있네
벚꽃, 달리아, 맨드라미
해바라기, 데이지, 개양귀비
꽃들은 왜 또 피고 지는가
그대 없는 이 세상에

지구는 무릎까지 바다에 잠겨 있네, 밀물 달과의 관계
바다의 뚜껑이 열려 있어

물에 불은 달 저건 가짜 보름달이야
무지개 색 달무리의 보라색
보면 안 되지 독이니까
석류, 으름, 무화과
월귤, 산딸기, 머루
왜 또 열매는 떨어지고 맺히는가
그대 없는 이 세상에

여자들이 울고 있네, 남자들도 울고 있네
바지 속까지 슬픔으로 가득 차서
바다의 뚜껑이 마냥 열려 있어
밤만 한없이 계속될 뿐 돌고 돌지 않는 나날
벌써 며칠째 어제에 머물고 있다는 걸
동네 사람 누구 하나 알지 못하네
오리온, 카노푸스, 페르세우스
카시오피아, 북두칠성
왜 또 별은 돋는가
그대 없는 이 세상에

때의 흐름 속에서 나는
또 몇이나 사람을 만날까
안녕하세요 날씨가 참 좋네요 비가 죽죽 내리네요 잘 지내세요
그대 없는 이 세상에……

안녕하세요 미안해요 지금 몇 시죠? 그 후로 어떻게 지내세요? 여
보세요 사랑합니다 그럼 또 요즘 날이 무척 짧아졌죠 오늘은 날씨가
유난히 무덥네요 올해도 드디어 여름 여름에는 역시 바다죠 안녕 이
제 못 만나겠네 여보세요 여보세요 지난번에는 실례가 많았습니다
지난번에는 실례가 많았습니다 지난번에는 실례가 많았습니다 지난
번에는 다녀왔어요 지금 전화를 받을 수 없습니다 비가 참 잘도 내립
니다……

여름의 마지막 해수욕 누가 제일 늦게 바다에서 나왔나
그 사람이 바다의 뚜껑 닫지 않고 돌아가
그때부터 바다의 뚜껑 열린 채 그대로 있네

기지무나[1], 겐문[2], 나마하게[3], 먼 나라 호피 족의 마사우[4]까지…….

　사람 사는 곳에 있는 신들은 모두 무섭게 생긴 것 같다.

---

1 오키나와 섬 주변에 산다는 전설 속의 나무 정령.
2 아마미 군도에 전해지는 전설 속의 요괴, 기지무나와 유사한 점이 있다.
3 아키타 현의 민속 행사에 등장하는 뿔 달린 도깨비.
4 호피 족 신화의 제4세계에 등장하는 절대신.

번들거리는 눈, 튀어나온 이빨, 붉은 몸, 손에 든 무기.

그것들은 아마 몸을 지키기 위해 있겠지만, 무엇보다 사람의 마음을 시험하기 위한 것이리라. 무서움을 이겨 내고 다가온 자만이 그 섬세한 혼의 힘을 만날 수 있으니까.

어린아이는 처음 그 모습을 있는 그대로 무서워하지만, 그런 만큼 또 그 형태를 있는 그대로 받아들이기도 한다.

하지메에게도 어딘가 모르게 그런, 마술적이고 신성한 부분이 있었다.

나는 이미 어린아이가 아닌데, 어떻게 하지메의 세계에 그처럼 쓰윽 들어갈 수 있었을까.

사람과 사람이 만날 때, 사실 얼굴은 보지 않는다고 생각한다. 그 사람의 근원에 있는 것을 본다. 분위기와, 목소리, 그리고 냄새…… 그 전부를 감지한다. 하지메의 근원에 있는 것은 조금도 어긋난 곳이 없었다. 대부분의 사람들은 인상 속에 애매한 부분을 갖고 있는데, 하지메는 그늘이 조금 있어도 곧바르고 강한 느낌이었다.

처음 하지메를 만났을 때, 놀라지 않았다고 하면 거짓말이다.

어렸을 때 입은 화상 탓에 하지메의 몸과 얼굴 오른쪽 절반에는 드문드문 까만 흉터가 남아 있었다.

애기를 많이 들었어도 막상 실제로 보면 실감의 정도가 다르다. 선창 너머로 그 얼굴의 피부색을 처음 본 순간 나는 마음이 얼어붙는 듯했지만, 하지메가 트랩을 내려와 눈앞에 다가올 때까지 그 마음을 얼른 수습했다.

하지메의 하얀 피부 쪽 눈만 커다래 보였다. 그녀는 바람에 날아가지 않도록 모자를 꾹 누르면서 "잘 부탁해요." 하고 귀여운 목소리로 말했다.

초승달처럼 가늘게 뜬 눈, 짧은 머리에 햇살이 비쳐 엷은 색으로 빛났다.

나는 자신이 수습했던 감정조차 잊고 말았다.

아, 그렇구나, 이 사람은 그냥 여기 있는 그대로의 사람이구나, 어쩌다 이런 모양일 뿐, 개미가 개미이고, 물고기가 물고기인 것처럼.

그 순간, 나는 아주 순순히, 그렇게 생각했다.

일단 그 겉모습에 익숙해지고 나자, 하지메의 분위기는 마치 히비스커스 꽃에 맺힌 투명한 이슬처럼 아름다웠다.

가령…… 나란히 앉아 함께 바다를 볼 때, 나는 투명한 젤리 같은 어떤 것이 옆에서 파르르 떨면서 강하게 빛나는 것을 느꼈다. 그래서 문득 그 모습을 돌아보면, 그녀를 처음 만난 사람들이 품었을 인상을 알 것 같았다. 가엾게도 큰일을 당했네. 하지만 나는 그녀를 쳐다보지 않고 있을 때 느낌이 나의 진짜 기분일 것 같았다.

그러다 하지메를 처음 본 사람들이 화들짝 놀랄 때마다 반사적으로 '왜?' 하고 생각하게 되었다. 흉터 따위는 거의 잊고 말았다. 결국 사람은 모든 것에 적응할 수 있는 거구나, 새삼스럽게 생각했다. 그건 그걸로 끝. 하지메는 하지메일 뿐, 그뿐이었다.

우리가 만난 여름, 한 번밖에 없고 두 번 다시 돌아오지 않을 여름.

어느 때나 내 옆에는 하지메가 소리 없이, 그러나 무겁고 슬프고 투명하게 함께였던 것 같다.

그 여름, 나는 도쿄에 있는 단기 미술 대학을 졸업하고 고향으로 막 내려왔다.

그리고 내가 연 빙수 가게는 그런대로 장사가 잘 되고 있었다.

사실은 졸업하면 남쪽의 섬에 가 살려고 했다. 답사도 할 겸 나는 지난여름 그 섬을 여행했다.

내가 살던 니시이즈와 달리, 남쪽 섬 경치는 웅장했다. 차를 빌려 혼자 기분 내키는 대로 돌아다니면서, 더위며 풍광에 완전히 매료되어, 와, 여기 살면서 무슨 일이든 해 보면 좋겠다, 하고 이내 새 꿈을 꾸기 시작했다.

꿈을 꿀 때는 사랑에 빠진 것처럼 모든 일이 즐겁고, 기운 차 보인다. 그 섬에 있는 동안, 나는 늘 그런 기분에 설렜다.

산은 언제나 짙고 아담한 초록 숲이었고, 해거름의 강

렬한 햇살은 힘에 넘쳤고 하루의 모든 것을 씻어 낼 만큼이나 아름다웠다. 수면은 안개가 낀 것처럼 아른거리고, 바닷물은 언제나 따끈하고 부드럽게 피부를 감쌌다.

사방에 우뚝 서 있는 소철도 압도적이었다. 하늘에 그 그림자가 떠 있으면 오려다 붙인 그림처럼 보였다. 타오르는 오렌지색 둥글둥글한 열매는 하늘로 치솟고, 뾰족한 잎은 곧게 뻗어 있고, 그 초록색은 어떤 나무보다 짙고 야성적이었다. 금방이라도 그 나무 뒤에서 공룡이 튀어나올 것만 같았다.

"내가 지금까지 본 소철은 모두 애기들이었네!"

너무 놀라웠다.

그리고 해안을 따라 도처에 서 있는 반얀트리의 신성한 위용. 그저 서 있을 뿐인데, 마치 거대한 조각처럼 아름다웠다. 복잡하게 얽힌 가지 아래에서 몸을 쉬면, 그 나무에 안겨 에너지가 충전된 것처럼 마음이 가라앉았다. 나란히 서면 마치 온갖 정령과 소곤소곤 얘기하는 듯한 분위기였다.

그리고 결심은 하루하루 굳어 갔다.

그러나 어느 오후, 조금 먼 곳으로 빙수를 먹으러 갔

다가 모든 것이 뒤집히고 말았다.

유난스레 빙수를 좋아하는 나는 그 가게 빙수가 맛있다는 가이드북에 혹해 먼 데까지 잘도 찾아갔다.

그리고 별다를 거 없는 사소한 사건 하나가 내 인생을 결정적으로 바꿔 놓고 말았다.

국도에서 조금 들어가자, 느닷없이 옛날 모습을 그대로 간직한 촌락이 나왔다. 아직 포장도 잘 되어 있지 않은 길에 아이들 여럿이 흙먼지를 풀풀 날리며 뛰어다니고 있었다.

비 그친 화창한 오후에, 그렇게 촉촉하고 반짝거리는 공기를 보기는 오랜만이었다. 흙길이 아니면 공기는 그렇게 빛나지 않는다. 고인 물은 빛을 머금고, 아이들은 그 물을 차박차박 밟으며 집으로 돌아갔다.

그리고 그 한 모퉁이에 예쁜 색 나무로 지은 조그만 빙수 가게가 진짜로 있었다. 단돈 200엔에 단칸[5]과 패션 푸르트의 생즙을 끼얹은 달콤 새콤한 빙수를 먹을 수 있었다. 나는 참을 수 없어 두 가지를 다 주문하고, 배가 출

---

5 일본 오키나와의 특산 과실로 감귤과 비슷하며 상큼한 과즙이 특징이다.

렁거리도록 그 순수한 맛을 만끽했다.

내가 테이블에 앉아 바다를 바라보면서 빙수를 먹는 동안, 초등학생쯤 되는 여자아이들이 동전을 손에 쥐고 찾아와, 벤치에 조르륵 앉아 새까만 맨발을 달랑거리며 빙수를 먹었다. 아마도 언니나 사촌에게 물려받았을 헐렁한 옷을 입은 모습으로 조잘거리면서. 마지막 한입까지 달콤한 꿈이라도 꾸듯 먹는 아이들의 기분이 나에게까지 전해지는 듯했다.

그리고 가게 뒤에는 망고스틴 가로수 길이 있었다.

빙수 가게 아주머니는 웃는 얼굴로 "여기 한 바퀴 돌아봐요. 얼마나 행복해지나 몰라. 뭔가가 깨끗하게 씻어 내 준 것처럼. 그러니까, 빙수 먹고 나면 금방 가 버리지 말고 한 바퀴 돌아요." 하고 말했다.

맛있는 빙수를 먹고 땀이 식어 몸이 시원해진 나는 아주머니를 따라 망고스틴 가로수 길을 걸었다. 뭐랄지 부드러운 색깔이 내 몸을 쓰다듬을 것처럼 좁은 길이었다. 빽빽하게 들어서 집을 화재로부터 지켜 준다는 나무 숲 속을, 그 풍성한 나뭇잎의 색채 아래를, 우리는 시간의 터널을 지나는 것처럼 천천히 걸었다.

망고스틴 가로수 길을 한 바퀴 돌자, 바다가 소리 없이 펼쳐졌다. 평온하고 조그만 해변에는 아직 해수욕을 즐기는 사람들이 간간이 보였다. 파라솔과 튜브 색이 선명했다.

옛 모습을 간직한 한가로운 해수욕장 풍경이었다.

"이 경치가 좋아서 그만 여기로 돌아오고 말았지."

아주머니는 그렇게 말하며 웃었다. 까맣게 탄 피부와 손님을 대하는 넉넉한 씀씀이에 고향을 더없이 사랑하는 마음이 담겨 있었다.

나는 거기에 그만 한 대 얻어맞은 기분이었다.

그런가, 그렇구나.

내게는 소철도 망고스틴 나무도 사탕수수도 반얀트리도 모두 신기하고 신선했다. 언제까지나 보고 싶었고, 사랑에 빠진 것처럼 열중했다.

하지만 이 사람이 이 바다와 망고스틴이 있는 장소로 돌아왔던 것처럼, 정말이지 성가시지만 그래도 내 마음이 늘 돌아가는 곳은 노을 비치는 경치와 식물이 있는 니시이즈다, 그런 생각이 들었다.

아무튼 한 번 돌아가 보자, 그래, 이렇게 빙수를 좋아하는 걸 보면 그게 천직인지도 모르지. 어렸을 때부터 빙수를 유별나게 좋아했다. 엄마 아빠 몰래 하루에 세 번은 먹곤 했다. 대학 시절에는 빙수 기계를 사들여 놓고 방에서 얼음을 사락사락 갈아 겨울에도 먹었을 정도다.

그러니까 남쪽 섬에서 먹은 빙수가 내 인생을 결정 지은 것도 운명이라 할 수 있으리라.

미술 대학에 다니면서 무대 미술을 공부했지만, 결국 큰 흥미는 느끼지 못했다. 내가 사람들에게 정말 자랑할 수 있는 건 빙수를 아무리 먹어도 질리지 않는다는 것 정도다. 그러니까 나도 빙수 가게를 하자.

그런 생각이 나를 사로잡았고, 반드시 할 수 있을 것이란 확신도 들었다.

돌아와 보니, 내가 나고 자란 마을은 생각보다 훨씬 스산했다.

한 번씩 돌아와 며칠 머물다 가는 것과 눌러사는 것은 상황이 다르다.

'이 동네 사람들은 이제 이 동네에 별 관심이 없구나.'

그런 느낌이 들었다.

벌써 오래전부터 조금씩 쇠락해 가고 있었는데, 간간

이 내려왔던 탓에 미처 몰랐던 것이리라.

언젠가, 차를 타고 고갯마루 너머 옆 도시에 갔다가 불쑥 깨달았다.

옆 도시는 거미게라는 게가 잘 잡히는 곳으로 텔레비전에서도 간혹 다루는 탓에 관광객들이 몰려들어 길거리가 사람들로 북적북적하고, 어부들이 운영하는 게 요리 가게는 손님들로 붐비고, 항구는 배로 가득하고, 민박집은 시끌시끌한, 그런 곳이었다.

게 요리를 먹고 길거리로 나섰을 때, 그 북적거리는 느낌을 몸으로 아는 나는 그만 향수에 무릎 꿇고 말았다.

그래, 내 고향도 전에는 정말 이랬는데. 모든 것이 풍요롭고, 사람들은 쉴 새 없이 오가고, 모두들 즐겁게 일했다. 그런데 고작 거미게가 있고 없고 차이로 완전히 쇠락하고 말았다.

그러고 보니 우리 동네에는 길 양쪽으로 문 닫은 가게가 즐비하고, 오후에도 셔터를 내리고 있는 곳이 참 많았다. 그런 가게들이 햇살 속에 하얗게 뜨겁게 반짝거리는 광경은 정말 폐허 같아서, 간혹 열려 있는 가게가 오히려 스산하고 애처로워 보였다.

북적거리는 것은 대형 슈퍼마켓의 체인점이나 편의점, 약국을 겸한 잡화점뿐이었다.

젊은 사람들이 도쿄와 인근 도시로 점점 **빠져나가는** 듯했다. 나는 원래도 친구가 별로 없었지만, 이제는 아는 또래 사람들이 거의 없다고 해도 좋을 정도였다. 장년층의 숫자가 늘어나, 노인끼리만 사는 집도 많았다. 게다가 노인 요양원까지 생겨 다른 곳에 살던 노인들이 모여드는 지경이었다.

그리고 산 중턱에 줄줄이 들어선 고급 호텔은 노천탕 딸린 객실로 꽤나 돈을 벌어들이고 있었다. 온천물이 그리 좋지도 않은데 호텔을 찾은 부자들은 동네까지로는 한 걸음도 나오지 않아, 그렇게 방에만 있으면 어딜 여행하든 마찬가지 아닐까, 하고 생각했다. 창문 너머로 바다가 보이는 곳이면 어디든 똑같지 않을까, 하고.

유카타와 나막신 차림으로 나와서 길거리 음식도 사 먹어야지, 어부들이 널어 놓은 그물도 보고, 수협에서 파는 신기한 심해어도 구경하고…… 그런 생각도 했지만, 이렇다 한 볼 것이 없는 이 동네에서 부자들은 하룻밤을 방에서 쉬다가 밥을 먹고는 그대로 돌아갔다. 옛날처럼 느긋하게 걸으면서 동네 구경을 하기에는 모두들 너무 바쁘고 너무 피곤한 탓이리라.

옛날에는…… 이 동네에도 대중식당과 스트립쇼를 하는 가게와 사격장이 있었다. 인근에서도 보기 드문 대규모 관광지로, 밤낮 없이 가슴이 뛰는 분위기였다.

나는 부모님을 따라 사격장에 가서는, 조그만 손으로 코르크 총알을 꾹 밀어 넣고 표적을 겨냥하곤 했다. 볼품 없는 도기 인형이라도 맞히면 별로 귀엽지 않아도 소중하게 안고 돌아왔다. 좋아하지도 않는 싸구려 인형이지만 내가 쏘아 맞힌 거라 생각하면 괜스레 귀여워져 버릴 수가 없었다.

해마다 여름이면 불꽃 축제도 성대하게 열렸다. 온 동네 사람들이 관광객과 함께 해변으로 몰려 나갔다. 그 커다란 소리가 밤바다에 높고 낮게 울려 퍼졌다. 수면과 나란하게 퍼진 불꽃은 바다에 비쳐 둘로 갈라진 것처럼 보였다. 진짜 색채를 머금은 밤바다는 출렁출렁 매끄럽게 빛나곤 했다.

만을 일주하는 유람선도 있었다. 탈 때 아이스박스에서 음료를 하나씩 꺼내 배 안으로 들어가, 자기 좋은 장소에 앉는다. 스피커에서 흘러나오는 설명과 엔진 소리를 들으면서 밤바다를 달리는 기분을, 바람이 볼을 쓰다듬는 느낌을 즐겼다.

밤에는 단것과 수박을 파는 가게가 늦게까지 북적거렸고, 어른들은 맥주를 마시고 아이들은 빙수와 안미쓰[6]를 먹으면서 밤새 신나게 들썩거렸다.

해변 어귀의 호텔에는 누구나 사용할 수 있는 풀이 있었고, 야자나무가 하늘 높이 솟아 있었다. 하와이안 음악이 흐르고, 풀사이드에서는 풋콩과 맥주가 불티나게 팔렸다.

그런데, 그런 것들 모두 어디로 가 버린 것일까.

고향에 내려올 때마다 그 호텔이 없어져 폐허가 되어 가는 것을 나는 가슴이 뭉개지는 심정으로 바라보곤 했다.

그 호텔에는 추억도 많았다. 나는 그 풀에서 처음 수영을 배웠고, 야자나무를 올려다보았고, 언제까지나 물에 둥둥 떠 있었다. 가족끼리 점심을 먹으러 갔다가 풀에서 수영하고는 저녁 하늘 아래 시원해진 몸으로 돌아왔다.

---

6 단팥을 써서 만든 일본의 디저트.

그런 추억마저 무언가에 짓밟힌 느낌이었다.

그 무언가는, 아마도 돈.

애정 없이 뿌려진 돈 탓에, 이 동네는 이렇게 되고 말았다……. 그런 기분이 들었다.

바깥쪽에서 갑자기 밀려든 돈의 흐름은 동네 사람들이 생각해 낸 귀여운 발상이며 소박하게 간직해 온 소중한 것을 모두 쓸어가 버리고 말았다.

뒤에는 비참함만이 남은 것 같다.

그렇다고 그런 현황에 반대 운동을 하거나, 현지사에게 눈물로 호소하겠다는 생각은 들지 않았다. 다만, 왜 세대가 자연스럽게 교체되지 못했을까, 하고 생각했다. 제힘을 쏟아 자신이 좋아하는 동네를 가꾸는 것을, 언젠가부터 모두가 포기하고 그만둔 것 같다.

고향으로 돌아왔지만 내가 아는 소중한 것들은 하나도 남아 있지 않았다. 왠지 외톨이가 된 느낌에, 우주에라도 다녀온 것처럼 나는 아연해지고 말았다.

향수병 같은 심정이, 마치 실연한 사람처럼 몇 번이나 뭉클하게 끓어올랐다.

그러나 얼마나 크게 모든 게 변해 버렸는지 한탄만 하고 있어서는 아무런 소용이 없다. 행동해야 한다고 나는 생각했다.

　그리고 내가 염원했던 대로, 해변에서 동네로 들어가는 긴 길 중간의 솔숲에 조그만 빙수 가게를 열었다.

　해변을 따라 소나무가 죽 이어지는 공원, 여름이면 가족들이 깔개를 들고 나와 나무그늘에 펼쳐 놓고 바다로 수영을 하러 나가는 곳이었다. 솔방울이 사방에 떨어져 있고, 강렬한 햇살이 조금은 부드럽게 느껴지는 고요한 장소였다.

　나는 그 언저리에서 장사를 하다가 지금은 문을 닫은 가게 주인 모두를 찾아가 교섭하면서 싸게 빌려주는 물건을 물색했다.

　옛날에 구멍가게를 했던 할머니가 써도 상관없다며 창고로 사용하는 별채를 월세 1만 엔에 빌려주기로 했다. 대신 할머니가 5엔짜리 동전으로 만드는 인형과 그림을 한쪽에서 팔아 달라고 부탁하기에 일단 살펴 보자 싶어 보여 달라고 했더니, 반짝반짝 빛나는 범선, 달마상 따위를 줄줄이 보여 주었다. 모나지 않게 거절하기가 힘들었다. 한 동네에서는 의외로 그런 일이 어렵다. 결국 그 집 며느리의 "젊은 사람이 마음껏 하게 해 주세요."라는 필사적인 설득에 그 문제는 그럭저럭 넘어갔지만, 할머니는 지니고 있으면 좋은 거라며 기념 삼아 달마상 하나를 쥐여 주었다. 그것은 지금, 내 방 오디오 위에서 찬란하게 빛나고 있다.

'이거, 5엔짜리로 만든 건데, 부수면 오히려 돈이 되지 않을까…….'

간혹 그런 생각이 머리를 스쳤지만, 기념으로 받은 거니까 소중하게 간직하기로 했다.

가게는 두 평 넓이밖에 되지 않는다. 나는 늘, 아빠가 버리겠다기에 얻어 온 번듯한 가죽 의자에 앉아 있다. 얼음을 가는 기계는 손으로 빙빙 돌리는 수동이다. 옛날에 이 동네에서 디저트 가게를 했던 아저씨에게 얻어 수리했다. 세월이 어려 있어 보기에도 무척이나 분위기 있다. 네모난 얼음 덩어리는 오래전부터 있던 얼음 집에서 배달받는다. 그 얼음을 보관하는 냉동고만 엄청나게 비쌌다. 에스프레소 머신은 대학 시절 친구들이 추렴해서 사 주었다. 나머지는 있는 것과 얻은 것을 말끔하게 손질하고, 내 손으로 목공 작업을 해서 만들었다. 페인트도 내 손으로 칠하고, 메뉴도 내가 정했다. 꽤 멋진 가게가 된 것 같다.

나는 예전부터 빙수에 뿌리는 짙은 색깔의 시럽에 의문을 품고 있었다. 하루에 몇 그릇이나 먹기에 그 단맛은 과하다. 게다가 섬의 빙수 가게에 영향을 받은 까닭에 몇 번의 시행착오를 거쳐 마침 적당한 단맛의 사탕수수 시럽을 완성했다.

메뉴는 빙수에 그 시럽만 뿌린 '사탕수수 빙수'와, 우리 동네 특산품인 감귤 과즙을 뿌린 '감귤 빙수', 가게를 하게 된 계기를 마련해 준 그 섬의 가게에 존경을 표하기 위해 섬에 주문한 주스를 사용하는 '패션푸르트 빙수', 그리고 단팥을 올리고 말차 시럽을 뿌리는 '단팥 빙수'뿐이다. 캔맥주도 일단 준비해 놓고는 있지만 음료는 보리차와 에스프레소가 전부다.

물론 파는 것이 빙수니 영업은 여름철에만…… 할 생각이었는데, 가을부터는 에스프레소를 파는 것도 좋겠다 싶었다. 이탈리아의 바르처럼, 서서 마시면서 잠시 쉬어

갈 수 있다면 의외로 동네 사람들도 애용할지 모른다. 꿈은 그렇게 부풀었다.

가게 앞에는 할인 매장에서 싸게 파는 파라솔 달린 캠핑용 테이블 의자 세트를 두 세트 구입해다 놓고, 각목을 사다 내 손으로 만든 벤치도 놓았다. 그리고 접이식 의자를 몇 개 여분으로 준비했다.

손님이 좀 든다 싶어도 단가가 싸기 때문에 벌이는 영 좋지 않아 어쩌나 했지만, 집에서 생활하는 덕분에 먹을 걱정은 없었다.

아무튼 이곳에서 뭐가 되었든 시작해야 한다고 나는 생각하고 있었다. 다시 한 번 고향을 좋아해야 한다고.

돈을 뜯어 가는 야쿠자 등 여러 가지로 껄끄러운 요소도 있을 수 있었는데 그런 문제들은 많은 사람들의 연줄을 활용해 내가 생각해도 영리하다 싶게 사전에 얘기를 끝냈다. 젊은 사람이 하는 일이라고 봐주는 면도 있어, 별 탈 없이 가게는 계속하고 있었다.

게다가 이렇게 허름한 가게 하나 가지고 가타부타 생각하는 사람은 없을 것이다. 딱히 긴 줄이 생기는 것도 매출이 어머어마한 것도 아니다.

꿈을 이루느니 어쩌니 하지만, 하루하루는 정말 소박하게 지나간다.

준비, 청소, 육체노동, 피로와의 전쟁. 앞날에 대한 고민과의 격투. 짜증 나고 사소한 일은 최대한 흘려버리고 좋은 일만 생각하고, 예상치 못하게 바쁜 날을 기대하지 않도록 하고, 문제가 생기면 그 자리에서 바로 현실적으로 대처하는……. 라디오에 좋은 채널이 없으면, 내 손으로 CD를 편집해서 틀기도 하고. 귀찮아도 설거지는 꼼꼼하게 하고. 마 행주는 하얗게 청결을 유지하고. 얼음은 조금 넉넉하게 주문해서 잡내가 배지 않도록 관리하고. "보통 빙수는 없나? 딸기 빙수 같은 거 말이야." 손님이 그렇게 백 번을 물어도 "죄송해요. 그 빙수는 우리 가게에 없어요." 하면서 백 번을 웃는다. 언제나 그런 자잘한 일에 쫓길 뿐이다. 내 경우에는 그것이, 흔히 꿈을 이뤘다고 하는 말의 전모였다.

나는 가장 더운 시간은 피해서 점심때와 해질 무렵을 중심으로 가게 문을 열었지만, 그래도 에어컨 없이 어둡고 좁은 장소에 갇혀 얼음을 계속 갈아 대는 일은 아주 소박한 작업이었다. 그러나 나는 그 소박함 너머에 있는 것을 줄곧 바라보았다.

　대개 어두워지기 전에는, 얼음을 가느라 지치고 아픈 오른손을 축 늘어뜨리고 집으로 돌아갔다. 집에 돌아갈 때는 강을 따라 난 길로 북쪽에 있는 산을 향해 죽 걸어간다. 강가에는 상상도 안 갈 만큼 커다란 아름드리 버드나무가 있었다.

　굵은 나뭇가지를 풍성하게 늘어뜨린 버드나무는 저녁 하늘 아래 한가롭게 흔들렸다. 내가 어렸을 때부터 거기 있던 버드나무였다. 마치 파도처럼, 그 섬세한 유선형 이파리는 바람을 타고 흘렀다. 나는 언제나 버드나무에게 인사를 한다. 버드나무 옆에는 그 몸에 기대듯 조그만 비파나무가 서 있었다. 진녹색 잎새가 버드나무의 연두색 잎새와 멋진 조화를 이뤘다.

　강물의 흐름이 멈칫하는 언저리에는 거의 빈틈도 없을 만큼 잉어들이 잔뜩 모여 서로 비늘을 비벼 대듯 헤엄치고 있다.

　개발 붐이 한창이었을 때는 강에서 흘러든 생활 용수 때문에 바다가 오염되기도 했다. 워낙 상황이 심각해서 곧바로 개선되었지만, 물 표면에 무지개색 거품이 둥둥 떠 있어 깜짝깜짝 놀랐다. 그런 물속에서도 잉어들은 살아남았다. 어떻게 된 일인지 한때는 오리떼가 눌러산 적도 있었다. 지금은 다들 없어졌지만, 하얀 꼬리가 물풀 사이에서 한들거리곤 했다. 다양한 시기가 있었다. 하지만 강은 변함없이 거기에 존재했다.

그 길을 지날 때마다, 그리고 다리 밑에서 보는 바다에 저녁노을이 비칠 때마다, 살랑살랑 흔들리는 버드나무 이파리를 올려다볼 때마다, 나는 왠지 시간이 아깝다는 기분이 든다. 불현듯 행복에 가슴이 메일 것 같다. 그것은 자신이 있을 장소를 갖고 있다는 행복이었다. 아, 그러네. 나는 정말 내 가게를 하고 있어……. 그렇게 생각하면 황홀한 꿈을 꾸고 있는 느낌이었다. 그러고는, 내일도 가게 문을 열어야지, 하고 생각했다.

힘든 것에 비하면 시간은 아주 금세 지나가고, 거기에는 아주 작은 부분이나마 '꿈을 이룬' 신비한 반짝임은 분명하게 존재했다.

하지메는 엄마 친구의 딸이었다.

"이 여름 동안, 요시코 아줌마네 딸이 우리 집에서 지내기로 했어."

어느 날 밤, 엄마가 불쑥 그런 말을 해서 나는 깜짝 놀랐다.

상당한 부자였던 하지메네 할머니가 늦은 봄에 돌아가시는 바람에 친척들 간에 끔찍한 싸움이 벌어졌고, 욕심 없는 그녀의 부모는 섬세한 하지메에게 그 꼴을 보이고 싶어 하지 않았다. 할머니는 돌아가실 때까지 하지메의 가족과 함께 살았는데, 돌아가시자마자 온갖 사람들이 권리를 주장하고 나섰다고 한다.

그리고 할머니의 죽음에 큰 충격을 받은 하지메는 건강마저 해치고 말았다. 하지메의 엄마는 차라리 자연이 아름다운 곳에서 잠시 몸과 마음을 쉬게 하는 편이 좋겠다 생각하고, 우리 엄마에게 의논했던 것이다.

"난 요즘 손님 많아서 바쁜데."

"그럼, 사이좋게 지내면서 일 좀 거들어 달라고 하면 되잖아."

엄마는 태연하게 그런 말을 했다.

"그리고 빈 시간에는 여기저기 안내도 해 주고."

그런 다음에는 지겹도록 그녀의 외모에 마음 쓰지 말라는 주의를 들었다.

엄마가 거듭 주의를 주면 줄수록 나는 성가셔서, 이렇게 바쁜 때 알지도 못하는 데다 사연까지 있는 사람을 보살피며 한여름을 보내야 하다니 말도 안 된다, 하고 속으로는 생각했다. 엄마는 그런 나의 직선적이고 한꺼번에 두 가지 일을 못 하는 성격을 잘 알고 있었다.

"그래, 너 혼자 가게 꾸려 나가느라 힘들 거야. 시작한 지 얼마 되지도 않았으니까 여유도 없겠지. 그래도 하지메가 있는 여름은 지금뿐이야. 시간을 같이해 주는 것, 그거야말로 진정한 대접 아니겠니."

지나치리만큼 지당한 말이었지만, 엄마가 말하면 이상하게 '그래, 그렇지.' 하고 생각하게 된다.

"마리, 우리 동네의 좋은 곳 많이 데려가 줘. 이 여름이 허전하지 않게 해 줘. 거기 드는 돈은 엄마가 줄게. 우리 동네에 도움 되는 일이기도 하잖아. 쓸데없는 일처럼 보여도 한 사람이 이 동네의 좋은 점을 기억하면 나중에 너에게 몇 배로 돌아올 거야. 생각도 못 한 형태로 말이

지. 그리고 한차례 안내를 한 다음에 하지메랑 잘 안 맞
는다 싶으면 가게 일에만 집중하면 되잖아? 그즈음에는
하지메도 혼자서 하고 싶은 일이나 친구들이 생길 거야."

엄마의 그런 순수한 면에는 언제나 퍼뜩퍼뜩 놀란다.

듣다 보면 점점, 이렇게 바쁜 현대 사회에서 잘 알지
도 못하는 사람을 위해 자기 시간을 송두리째 비우다니
말도 안 되는 일이라고 생각하는 내가 틀렸고, 내 마음이
넉넉하지 못하다는 기분이 든다.

게다가 우리 엄마에게는 옛날부터 앞날을 내다보는 신
기한 힘이 조금 있었다. 엄마가 한 말이 현실이 되리라고
는 그때의 나는 꿈에도 몰랐다.

하루하루의 일에 쫓겨, 평생에 한 번뿐인 이 여름이
예상할 수 있는 시간이기를 원하며 스스로 자신을 좁히
려 했다. 사실 시간은 모두에게 오직 자신을 위해서만 있
는 것인데, 스스로 틀에 끼워 맞추려고 했다.

언제든 여기가 아닌 어딘가에 가려 했던 자신을 나무
라듯 가게를 시작했는데, 여기서 생기는 일을 받아들이고
즐기며 음미하는 것을 잊어 가고 있었다.

조급함이야말로 나를 형편없게, 고향을 형편없게 만

든 것과 똑같은 색으로 물들이고 만다. 시대의, 빙글빙글 도는 알 수 없는 빠르기의 수레바퀴에 휩쓸리고 만다.

나는 크게 반성하고, 아무튼 어떤 사람인지 알 때까지는 빈틈없이 관찰하자는 기분으로 하지메를 일단 받아들이기로 했다.

우리 집에 처음 온 날 밤, 할 일이 없어 저녁을 먹은 후 같이 근처에 있는 온천에 갔다.

하지메는 긴장했는지 밥을 먹을 때도 별말이 없었다. 유일하게 만난 적 있는 엄마에게만 간혹 가다 말을 거는 정도였다. 그것도 아주 예의 바르고 딱딱한 말투였다. 엄마는 웃으면서 저녁 먹고 마리랑 어디 다녀오지 그래, 하고 말했다.

나는 우선 가게를 살짝 보여 주고 해변을 잠시 산책한 후에 온천에 가자고 해 보았다. 의외로 이내 같이 가겠다고 대답해, 나는 하지메를 내 소중한 미니밴에 태우고 얼른 길을 나섰다.

그곳은 멋들어진 바위 사이에 노천탕이 있는 온천이었다. 손님이 덜 드는 시간에 가면 거의 사람과 마주치는 일도 없었다. 바다가 까맣게 보이고 밤바람이 살랑거리는 노천탕에는 아니나 다를까 우리 둘뿐이었다.

옷을 벗은 하지메는 겁이 날 정도로 야윈 몸이었다. 슬픔으로 밥을 먹지 못하는 사람 특유의 깡마름. 나는 그 등에 불거진 뼈를 보고는 화상 흉터를 봤을 때보다 훨씬 슬펐다.

하지메의 할머니는 그 옛날 집에 불이 났을 때, 하지메를 온몸으로 껴안다시피 밖으로 나왔다고 한다. 할머니도 큰 화상을 입었지만, 하지메의 목숨이 붙어 있었다는 것을 알고서야 울음을 터뜨리며 자신도 겨우 치료를 받았다고 한다.

지금은 그 흉터도 할머니의 추억이 되었고, 그런 사람이 하지메라고 생각했더니, 아직 잘 알지도 못하는 사람인데 애틋하게 느껴졌다.

그렇게 조그만 몸으로 많은 것을 감당하고 있는 하지메의 모습은, 언제나 몸 하나는 튼튼해서 여기저기 상처를 내면서도 이 동네에서 뛰놀며 자란 나와는 근본적으로 다른 섬세함을 지니고 있었다. 하지메는 피가 머리로 쏠린 것처럼 머리가 유난히 무거워 보이고, 다리는 가녀려서 금방이라도 넘어질 것 같았다.

그렇게 자신을 예뻐해 주던 사람이 죽다니, 무척이나 힘들었을 것이다. 나도 할머니를 잘 따르는 아이였기 때문에 잘 안다. 게다가 그런 할머니의 죽음이 돈으로 직결된다는 사실도 보나마나 힘겨운 일이었으리라.

나는 오로지 그런 생각에 '이 여름은 하지메에게 고스란히 주자.' 하고 다짐했다.

그 다짐은 하지메의 등에 딱 들러붙어 적당한 때가 오면 꽃을 피우겠지, 그렇게 생각했다.

"밤바람이 상쾌하네. 그리고 밤바다도 고요하고 아름다워."

하지메는 소리 없이 웃었다.

"그렇지, 낮에 여기 오면 저 멀리 시미즈의 그림자가 보여. 시간 있을 때, 여기저기 많이 데리고 갈게. 별거 없지만 그래도 한가롭고 좋은 곳이 많으니까. 음, 하지메가 좋다면 그러겠다는 거지만."

"마리."

그때 하지메가 처음으로 내 이름을 불렀다. 부끄러움 없이, 마치 오래전부터 알고 지내는 사람을 부르는 식으로. 그것은 어쩌면 하지메가 마음을 열기로 정한 기념할 만한 순간이었다.

"응?"

"마리, 다 벗고서 다리 쩍 벌리고, 까맣게 타서는, 어부처럼 바위에 걸터앉아 있고, 멋져 보여."

"촌스러운 거지."

나는 웃었다. 틈이 없어서 나는 긴 머리를 하나로 대충 묶고, 번갈아 빨아 입는 작업복 바지와 청바지 위에는 늘 탱크톱 차림인 데다, 살은 숯처럼 까맸다. 화장도 대충 하고, 아침에 옷을 갈아입을 때는 빨랫줄에 걸린 옷이 제대로 마르지 않았어도 귀찮아서 그냥 입어 말리는 지경이었다.

"그래도, 부럽고, 멋져. 그렇게 생각했어."

하지메가 말했다.

"고마워. 하지메는 도시적이고 섬세한 느낌이야."

"참, 참. 나, 내일부터 거들게."

"뭘?"

"뭐는, 가게 일."

하지메의 태도가 이상하게 단호했다.

"괜찮아, 손님인데. 그리고, 쉬러 온 거잖아. 그럼 쉬어야지."

나는 꿈에도 몰랐다. 지금 생각하면 혼자 꾸려 가려고 필요 이상 오기를 부렸다 싶다.

"그리고 나 가난해서, 알바비도 못 준다고."

후후후. 하지메는 겨우 조그맣게 소리 내어 웃었다.

"가끔 빙수만 먹을 수 있으면 돼. 일하는 편이 다른 생각 안 해도 되고."

"몇 그릇이든 먹어. 그래도 기분 내킬 때만 해도 돼, 거들 일도 별로 없는걸."

이 깡마른 가여운 아이가 좋아해 준다면 내 빙수쯤 몇 그릇이든 먹이고 싶다, 정말 그렇게 생각했다.

"그리고 나, 마리의 가게가 아주 마음에 든 거 같아."

"뭐? 아까 잠깐 들렀을 뿐인데, 왜?"

나는 물었다.

"마리의 가게에는 마리가 오래도록 고심 끝에 좋아하게 된 것들밖에 없으니까. 천박한 색깔의 시럽도 없고, 그

　　　　　　　　　　　　　　바다의 뚜껑

릇은 다 소박하고 아름다운 류쿠[7] 유리 그릇이고. 마리가 애정으로 일군 공간에 있으면 마음이 차분해져. 왠지 정말 아름답고 고요한 느낌이 들어서."

내 가게가 처음으로 누군가에게 평가받은 순간이었다.

"고마워, 알아줘서."

손님이 던진 악의 없는 말의 조그만 조각들…… 예를 들면 어린아이가 "왜 빨간 건 없어요?" 하고 묻거나 아줌마들이 "어쩐 달지도 않고 영 맛이 없네." 하거나 "빙수가 알록달록한 맛도 있어야지, 뭐가 빠진 것처럼 너무 밋밋하잖아." 하는 말은 다른 많은 사람들이 말해 준 "신기하네. 너무 진하지 않고 맛있어, 보기에도 깔끔하고." 하는 평가보다 훨씬 더 아프게 마음을 찔렀다.

이런 시골 동네에서 소박하고 단출한 메뉴로 빙수 가게를 하려고 했다니, 내가 안이했다고 생각하게 되는 일이 번번이 있었다. 그래서 하지메가 해 준 몇 마디 말에 조금은 안심하고 마음을 넓게 가져도 좋겠다는 여유를 갖게 된 것만 같았다.

---

7 15세기 일본 오키나와 현 일대에 세워진 독립 왕국. 현재는 오키나와의 대체어로도 사용된다.

돌아가는 길, 하지메는 "틀어도 돼?" 하면서 차의 스테레오에 CD를 밀어 넣었다.

애처로운 곡이 흘러나왔다. 하지메는 조그맣게 흥얼거렸다.

"무슨 곡인데?"

"바다의 뚜껑."

"제목이 이상하네."

"할머니가 돌아가신 후로 계속 잠을 못 잤는데, 이 곡만 유달리 귀에 익어서 자장가가 되고 말았어. 지금도 들으면 마음이 차분해지니까, 혹시나 싶을 때를 위해 가져왔어. 바다 노래라서, 실제로 해변에서 들어 보는 게 이 여름에 내가 유일하게 하고 싶었던 일이야."

볼륨을 올리고, 차창을 열어서 불어오는 바닷바람을 맞으면서…… 돌아가는 길은 딱 그 곡 한 곡만큼의 거리였다. 나는 어두운 방에서 그 곡을 듣고 있는 하지메를 상상했다. 마치 멜로디에 기대듯 조그맣게 웅크리고 잠든 지칠 대로 지친 그 마음을.

좀 이상한 음악이네, 하고 생각했지만 그런 말을 하지는 않았다.

하지메는 지금 좀 별난 음악이 아니면 안 되는 거겠지, 생각했다. 암울하게 가라앉은 마음의 결에 살며시 내려오는 구슬픈 가사가 아니면 안 되는 거겠지…….

"정말 슬픈 노래다."

나는 말했다.

"응. 정말 슬픈 노래. 혼자 뒤에 남은 내 심정에 정말 딱, 마치 사람 몸의 형태처럼 딱 들어맞아. 내 주위에서는 시간이 계속 제대로 흐르지 않아서……. 나만 꼼짝않고 같은 장소에 있는 것 같았어. 그래서 이 곡의 드넓은 세계에 안겨 위로받는 느낌도 들었고."

"그럼 이 노래가 하지메에게는 무슨 주문이나 성가나 경전처럼 위로가 되는 거구나."

"응. 이 곡만이 내 마음을 알아주는 것 같았어. 게다가, 이번 여름 여기로 나를 보낸다는 얘기를 듣고 처음에는 싫다고, 할머니 곁에 계속 있고 싶다고 생각했거든. 사람이 미워서 머리가 아파 잠도 못 자는 나날이지만, 그래도 할머니 기운이 남아 있는 곳에 있고 싶었어. 그런데 바다가 있다는 말을 듣고는 생각이 좀 달라졌어. 이번 여름, 바다의 뚜껑을 반듯하게 닫고 끝낼 수는 없을지도 모르지만, 그래도 알게 모르게 이 곡에서 노래하는 것처럼 바다 근처에 가고 싶다는 생각이 들었어. 달도 보고 싶고, 꽃도 보고 싶다고. 그나마 하고 싶은 것은 그뿐이었어."

"그런 계기로 오게 돼서 정말 다행이네."

나는 말했다.

"그렇게 지내는 것보다는 여기 있는 편이 훨씬 좋을 거니까."

조그맣게 움츠리고 겨우겨우 살아가는 하지메의 생명이 느껴지면 느껴질수록, 이렇게 쇠락한 낯선 동네에, 잘 알지도 못하는 나를 의지해서 용케 찾아왔다는 기분이 들었다.

우리 엄마 말이, 할머니가 돌아가신 후로 하지메는 집에만 틀어박혀 밥도 제대로 먹지 못했고, 할머니가 돌아가시기까지는 누가 욕심 많고 누가 그렇지 않은지 전혀 예상할 수 없었던 수많은 친척들과도 사이가 점점 나빠져 어느 누구의 말도 믿지 않게 되었다고 한다. 전화벨이 울리면 겁을 내고, 손님이 찾아오는 것도 싫어하고, 점점 살이 빠졌다고 한다.

그녀에게 이 여름은 다분히 침통하고 슬픈 여름이리

라. 그건 누가 어떻게 해도 바꿀 수 없는 일이다. 하지만 적어도 여기 있는 동안만이라도 그 슬픔이 일상에 녹아들 수 있다면…… 아직 잘 모르는 사람인데, 나는 온 마음으로 그럴 수 있기를 바랐다.

"밤바다를 보면 슬퍼질 줄 알았는데."

하지메가 중얼거렸다.

"오랜만에 제대로 숨을 쉬었더니, 갑자기 바다의 좋은 냄새가 난 것 같은 느낌이야."

그다음 날부터 하지메는 정말 가게에 나와 일을 거들어 주었다.

이렇게 꼼꼼하게 도와주다니, 싶을 정도로 그녀는 척척 일을 해냈다. 무언가를 떨쳐내 버리듯, 조용하고 눈에 잘 띄지 않으면서도 고집스럽게.

그리고 돌아가는 길에는 버드나무 아래서 함께 쉬었다. 내가 올려다보면 하지메도 예전부터 그랬던 것처럼 같이 나무를 올려다보았다. 그 버드나무는 내가 태어나기 전에도 그랬고, 죽은 후에도 똑같이 거기에 서서 똑같이 부드럽게 흔들릴 것이다. 한 사람 늘었어도 아무렇지 않게, 그저 부드럽게 바람을 타고 한들한들 춤춘다.

강물 소리 사이사이로, 오늘 있었던 일과 바빴던 일을 조잘조잘 얘기했다. 강렬했던 햇살이 사그라지고, 열기도 저녁 바람에 떠밀려 갔다. 잔뜩 집중해서 일한 다음, 그 특유의 피로감을 누구와 함께하기는 처음이었다. 전부 혼자 해 왔던 탓에 왠지 쑥스럽고 잘 적응이 되지 않았다.

그렇게 여름이 시작되었다.

하지메는 아침에 연하게 끓인 커피를 마시는 습관이 있었다.

잠에서 깨어나면 하지메는 벌써 부엌에 있었다. 이부자리는 반듯하게 개어져 있었고 차림새도 말끔했다. 잠옷을 입은 채 푸석한 머리에, 침대 이불은 내가 빠져나온 형태 그대로인 나와는 무척이나 달랐다.

하지메는 줄곧 할머니와 같이 산 데다 부모님은 맞벌

이였기 때문에 자기 일은 스스로 한다는 엄한 훈육 속에 자랐다.

내가 들어가면 부엌은 언제나 하지메가 끓이는 커피 향으로 그윽했다.

바닷가에서 바람에 짭짤한 냄새가 풍기는 것은 밤뿐이다. 아침에는 점차 기온이 오르는 메마른 공기에 오히려 마음이 빠릿해질 정도다. 그 하루가 얼마나 더 더워지든.

창밖으로는 엄마가 내다 넌 빨래가 강한 햇살과 바람 속에서 살랑거린다.

빨래가 보송보송 말라 간다. 사방에 충만한 새 아침의 멋진 에너지를 빨아들이고 구석구석 빛을 받으며, 좋은 냄새를 남기고 바짝 마른다.

하지메의 흉터는 아침 햇살 아래에서는 한층 선명하고 처참해 보였다. 나는 컵을 들고 커피를 받는다.

엄마가 구워 놓은 빵이나 어젯밤 먹고 남은 밥을 조금 먹으면서 우리는 말없이 커피를 마신다. 하지메는 갈색 설탕을 듬뿍 넣고, 나는 우유만 넣어서.

이렇다 할 것 없는 풍경이었지만, 그런 것이 가장 마음에 남았다.

그 여름을 생각하면, 언제나 그 느낌이 가장 먼저 떠올랐다.

나른한 몸과 잠이 덜 깬 머리와, 햇살에 드러난 하지메의 흉터와 커피 향, 반짝거리는 빛 속에서 말라 가는 빨래.

၀ိ၀

"바다에 한 번 들어가면, 그 한 번만큼 건강해지는 것 같아. 또 그만큼 정화된 느낌도 들고."

하지메는 그렇게 말했다.

"바다에서 매일 헤엄치는 거 태어나서 처음이지만, 뭐랄까, 건강해지는 느낌. 표현을 잘 못하겠네."

나도 현지 주민답지 않게 혼자서도 자주 수영을 했기 때문에, 하지메의 그런 말이 무척 반가웠다.

"무리하는 거 아니니?"

"아니."

"그럼, 온천 요법을 하러 온 사람이 온천에 들어가는 셈치고 매일 바다에 가면 되겠네."

나는 웃었다.

"꼬박꼬박, 열심히."

"나도 마리만큼 까매질까."

"나는 겨울에도 까만데 뭐, 오랜 세월이 쌓인 거라고."

"까매지면 이 흉터도 눈에 잘 띄지 않을까."

"그렇게 까매지기 전에 화상을 입는다는 게 탈이지. 여름 한 번 가지고는 어림없어. 그렇게 타고 싶으면 또 와야지."

그리고 대개 일하는 틈에 한 번은 바다로 나가 수영을 했다. 가게 안쪽에서 번갈아 옷을 갈아입고, 소나무 숲을 지나 바로 앞에 있는 바다에 들어갔다. 헤엄치며 몸을 풀고, 주먹밥을 날름 먹고는 또 얼른 옷을 갈아입고 점심 후 디저트를 먹으러 오는 손님들을 기다렸다.

그리고 가게가 빨리 끝난 날이나 쉬는 날에는, 해가 기울 무렵까지도 우리는 바다에서 헤엄을 쳤다.

종일 태양빛에 데워진 물은 미지근했다.

멀리서 빛이 구름을, 눈이 어질어질해질 만큼 밝고 선명한 색으로 물들일 무렵, 종일 빛에 데워진 바다에 들어간다.

뭐라 말할 수 없이 상쾌한 기분이었다. 공기와 물 사이에 차이가 없고, 몸이 절로 물과 친해지는 느낌이었다.

하지메는 바닷속에 있으면 마치 바다 생물 같았고, 그런 모습으로 거기에 있는 것이 아주 자연스러워 보였다. 수영복 차림이면 피부색이 바뀐 부분이 더 잘 보였는데, 어째서인지 반소매를 입어 까만 팔이 드러나 있을 때나 하얀 모자 안으로 거뭇거뭇한 눈두덩이 비쳐 보일 때보다 훨씬 아무렇지 않았다.

조금 멀리 나가 바위틈을 들여다보면, 언제나 어떤 생물이 있었다. 물고기가 바다의 주인이고, 우리는 그들의 집을 엿보는 침입자였다. 바윗부리에는 언제나 똑같은 물고기가 살고 있었고, 게와 곰치와 오징어도 헤엄치고 있었다. 오징어는 만지려고 하면 먹물을 내뿜고는 도망쳐, 물속의 우리 얼굴이 서로에게 잠시 보이지 않곤 했다.

다른 세계에 있는데, 어떻게 분명히 살아 있고 또 살아가고 있는 것일까?

그 조그만 것들이 몹시 신비로워 보였다. 매번 같은 물고기가 있고, 점차 익숙해지면 잘 도망치지도 않는…… 그런 미묘한 변화가 기적처럼 생각되었다.

눈과 눈이 마주칠 때, 살아 있는 것은 똑바로 이쪽을 쳐다본다. 동그란 눈과 확실하게 눈이 마주친다. 서로를 들여다볼 때, 거기에는 두 개의 영혼이 있다. 그쪽과 이쪽이 한순간 하나의 창문이 된다. 이렇게 다른 곳에 살고 있는데, 크기도 전혀 다르고, 상대의 세계에서는 숨조차 쉴 수 없는데, 서로 쳐다보고 인정한다. 어떤 섭리로 그런 일이 생길 수 있는지 나는 도무지 이해할 수 없었다.

피부가 싸늘하게 식으면 물속과 물밖에 경계가 생긴다. 금빛으로 반짝이는 빛은 산록을 비추고, 구름은 분홍으로 물든다. 그런 시간이 되면 시계를 보지 않아도 자연히 바다에서 나오고 싶어진다. 그리고 중력이 묵직하게 느껴지는 몸을 이끌고, 하지만 마음은 가볍게 걸어서 돌아가고는 했다. 그다음 집에서 뜨거운 물로 샤워를 해 막 삶아 낸 옥수수처럼 나른해진 우리는 에어컨을 켠 시원한 다다미방에 누워 저녁을 먹을 때까지 한숨 잠드는 일이 많았다.

동네의 공용 스피커에서는 언제나 시간을 알리는 음악이 자글자글 울렸다. 밤을 뚫고, 파도 소리에 섞여서. 선잠에서 깨어난 몽롱한 의식 속에서는 그 소리조차 감미로운 음악처럼 들렸다.

눈을 떠 보면 잠버릇이 좋지 않은 나는 늘 베개에서 머리가 떨어져 있었다. 얼굴은 다다미 자국이 나 있고, 아팠다. 그리고 눈앞에는 잠든 하지메의 모습이 있었다. 하지메는 언제나 몸을 동그랗게 움츠리고 잤다.

자는 모습이 설탕 덩어리처럼 하얗고 자그마했다.

가게를 쉬는 수요일 낮에는 아빠가 일하는 호텔에 가서 차를 마시기도 했다. 아빠는 그 호텔이 처음 문을 열때부터 일하고 있어서 종업원 대부분이 우리에게 반갑게 말을 건네 주었다. 가끔 음료수를 사 주는 사람도 있었다. 냉방이 잘 되어 있는 라운지에서 따끈한 차를 마시면서 이런저런 얘기를 나누었다.

대체 뭘 그렇게 열심히 얘기했을까.

사소하고 별거 아닌 얘기를 하면서는 웃고, 또 침묵에 잠기곤 했다.

그렇게 유서 깊은 호텔도 한창 번창하던 때 같지는 않

바다의 뚜껑

았다.

카펫을 교체할 여력도 없는지, 늘 청결하기는 했지만 그래도 왠지 전체적으로 칙칙해 보였다.

손님이 우리밖에 없는 때도 종종 있었다.

옛날에는 이 라운지에 들어오기 위해 사람들이 줄을 선 적도 있었고, 언제나 아이들이 뛰어 다녔다. 수시로 음료가 새롭게 바뀌고 축제 같은 신나는 이벤트도 잇달아 열렸다.

하지만, 지금은 어딜 가나 있는 메뉴를 멋없이 내놓을 뿐이었다. 손이 많이 가서 그런지 빙수마저 없어졌다.

그럼에도 이 호텔은 꽤 좋은 호텔이었고, 형용하기 어려운 정취가 있었다.

경영자는 이 지역의 유지로, 원래는 지주였다. 요란한 것을 별로 좋아하지 않는 성품인지 주위 경관을 해치지 않도록 늘 신경을 썼고, 쓰레기 처리장이나 배수 장치도 충분히 숙고하고 돈을 들여 설치했다고 한다. 아빠는 원래부터 도쿄에서 호텔 프런트맨으로 일했던 터라 다른 곳에서도 채용 제의가 있었던 것 같은데, 그 마음 자세에 감동해 많지 않은 월급에도 그만두지 않고 계속 일하고 있었다.

아빠의 동료도 이 지역의 소탈한 사람들뿐이라, 아등
바등하지 않고 손님에게서 어떻게든 돈을 우려내려는 눈
치도 거의 보이지 않았다. 결점은 라면 바의 라면이 어이
없을 만큼 맛없다는 정도였을 것이다. 그러나 이 지역에
서 옛날부터 라면 가게를 했던 아저씨의 자식이 운영하고
있어, 아무도 뭘 더 잘해야 한다는 주의는 주지 않았다.

세상이 선하고 아름답지만은 않다고 하지만, 그래도
선하고 아름다운 일은 소박하고 눈에 띄지 않게 존재하고
있는 듯하다.

이 호텔 뒷문에는 고양이 가족이 둥지를 틀고 있다.
그러나 아무도 불결하다느니 안 된다느니 고양이가 늘면
어떻게 하느냐는 말을 하지 않는다. 다들 먹이를 갖다 주
면서 몰래 키우고 있다. 밤이면 고양이들은 수풀에 가린,
그리고 간간이 새것으로 바뀌는 종이상자 속에서 잠을
잤다. 태풍이 몰아치면 야근하는 사람이 고양이들을 보
러 가기도 한다. 시골이라 그런 넉넉한 인심이 아직은 살
아 있었다.

언제든 뒷문에 가면 같은 고양이들이 모여 있고, 잘

하면 쓰다듬을 수도 있다. 동네 사람들도 아무 말 하지 않는다. 손님 중에도 고양이를 좋아하는 사람은 산책을 하다가 고양이와 마주치면 반가워한다. 단골손님은 먹이까지 갖다 주고, 작년에 봤던 고양이가 많이 자랐다면서 기뻐하고, 없어진 고양이가 있으면 슬퍼한다.

그런데도, 아니 그 때문에도 쇠퇴해 가는 것은 아무도 막을 수 없었다. 동네 전체가 썰렁해졌으니 도리가 없었다. 툭하면 운영을 계속할 수 없을지도 모른다는 소문이 나돌았다.

절대 그런 일은 일어날 수 없다고 생각했을 만큼 북적북적하고 활력에 넘쳤던 시절을 생각하면, 서글퍼졌다. 수많은 가족과 커플들이 추억을 만들기 위해 이곳에 오고 싶어 했다……. 마치 『샤이닝』[8]이란 소설처럼, 이 호텔이 무언가를 그리워하며 외로워하고 있는 듯한 느낌이 들었다.

"건물은 사람들이 내뿜는 즐거움이며 기쁨, 그런 것들의 에너지를 먹어야 오래가나 봐. 조금만 손질을 게을리

---

8 미국의 공포소설가 스티븐 킹이 휴업 중의 호텔을 무대로 쓴 공포소설.

해도 금방 스산해지잖아."

내가 그렇게 한탄하자 하지메는 아니, 하면서 고개를 저었다.

"이 호텔, 오래되어서 허름한 인상은 있지만 아직 치명적이지는 않으니까 괜찮지 않을까? 한가롭고 좋은데 뭐. 식물도 말라비틀어지지 않았고. 망하겠다 싶은 곳은 식물을 돌볼 여유가 있는 사람부터 없어지는 것 같던데."

과연 할머니가 원예를 좋아했던 사람다운 말이네, 하고 나는 감동했다.

"그래도 북적거리던 시절에 왔으면 좋았을 텐데. 활기가 탱글탱글한 덩어리처럼 손에 만져질 듯 기운 넘치던 시절에. 밤길을 걸어만 다녀도 축제 같은 기분이었어. 관광지라서 참 좋았는데. 가을이 오면 여름철에 바빴던 동네 사람들이 좀 멍하고 축 늘어져서 휴식에 들어가는 느낌도 정말 좋았고. 그런 걸 보여 주고 싶었어."

그런 말도 해 봐야 아무 소용없다. 거쳐야 할 과정을 거쳐 지금 이렇게 된 거니까.

그래도 나는 하지메에게 말하지 않을 수 없었다. 마지막 빛이 하늘 저편으로 빨려 들어가는 순간, 서로의 얼굴이 점차 어둠에 잠겨 드는 시간에.

"옛날에는 산호도 살아 있었고, 조개를 주우면 소라 게든지, 진짜 조개든지, 아무튼 껍데기 안에 반드시 뭐가 들어 있었어. 그런데 지금은 다 죽어 버렸어. 바다 색도 잿빛으로 변했고."

"그렇구나……. 아직 이렇게 산 생물들이 많은데. 훨씬, 훨씬 더 많았어?"

하지메는 깜짝 놀라며 물었다.

"응. 부표 주위에는 조그만 물고기들이 떼 지어 있었고, 바위에는 조개가 다닥다닥 붙어 있었어. 갯강구도 얼마나 많았는지 몰라. 게도 그냥 걸어 다녔고. 그러다 차에 치이기도 하고. 그 시절을 보여 주고 싶다. 어쩌다가 전부 다 없어졌을까? 다들, 어디로 가 버린 걸까? 죽어 버렸나. 생활 오수가 흘러들고, 방파제를 만든 탓에 물의 흐름이 느려져서 그런 걸까. 아니면 여기만 그런 게 아니라 전 세계가 이렇게 된 걸까."

그렇게 말하면서 조금은 울고 싶어졌다. 내 어린 시절 친구였던 생물들. 산에 사는 멧돼지의 수도 줄었을 테고, 잠자리도 옛날만큼 많이 날아다니지 않는다. 나비도 전에는 해변이 파랗게 뒤덮일 만큼 팔랑팔랑 날아다녔는데.

"그럼, 이거 다 뼛조각이네. 다 끝난 것들이네. 어떻게 그렇게 슬픈 일이, 믿을 수가 없어."

하지메는 산호 조각을 주우면서 작은 소리로 말했다.

어느 날 산책을 하고 있는데, 아는 어부네 집 처마 아래, 뇌 같은 것이 놓여 있었다. 햇살에 바래 새하얗고 바짝 말라 있었지만, 그야말로 거대한 뇌였다.

"징그러워, 저거 뇌잖아!"

하지메는 내 뒤에 숨었다.

"설마. 그런 걸 꺼내 놓고 말릴 리 없잖아."

"그래도, 어떻게 봐도 뇌인데 뭐."

나는 그 집 벨을 누르고 아주머니를 불러냈다.

"이거 뭐예요?"

내가 묻자, 아주머니는 나더러 정말 많이 컸다고 한바탕 감회를 늘어놓고 대답해 주었다.

"이거, 여기서는 뇌산호라고 하는데. 이렇게 형태가 고스란히 남아 있는 녀석은 오랜만에 본다면서 아저씨가 주워 왔어."

하지메는 충격이 상당히 컸는지, 돌아오는 길에는 여러 가지 생각에 잠겨 말이 없었다.

저녁때가 되자 부는 바람이 조금 시원해졌다. 그리고 가을은 아직 멀었는데도 잠자리가 슬슬 날아다니기 시작했다. 하늘 높이 떠 있는 구름도 이제 뭉게구름만은 아니다.

"엄청난 걸 봤네, 아, 진짜로 엄청난 걸."

하지메는 그렇게 말했다.

손을 입에 대고 있었으니, 정말 그렇게 느꼈던 것이리라.

"뇌산호 말하는 거니?"

나는 물었다.

"응. 그런 게 그냥 바닷속에 있다면, 사람이란 대체 뭐인 거야? 이 안에……"

그리고 하지메는 자신의 머리를 가리켰다.

"똑같은 게 있는 거잖아."

나도 정말 똑같다고 생각했기에, 깜짝 놀랐다. 하지메

는 내가 생각했던 걸 좀 더 또렷하게 표현하려 했다. 모양이 같다는 것에는 어떤 의미가 있다. 그냥 모양이 닮았다는 걸 얘기하는 것은 아닌 듯하다. 비밀이 너무 많은데 그게 또 너무도 쉽게 눈에 보인다. 이 세상에 존재하는 그런 일들을 생각하면 때로 나는 정신이 아득해진다.

옛날에는 훨씬 더 신비롭게 여겼는데, 언제부터인가 고개를 갸웃거리는 일조차 없어지고 말았네, 하고 나는 생각했다. 하지메의 신선한 눈길은 나를 어린 시절로 되돌려 놓았다.

썰물 때가 되어 바닷물이 빠지면 개펄과 바위에는 옛날과 전혀 다른 풍경이 펼쳐졌다.

해수욕장에서 조금 먼 바위까지 걸어가야 그런 것들이 조금 남아 있었다.

갯강구를 발로 차면서 우리는 늘 겁을 모르고 찾아다녔다.

"이 물속, 정말 진하다. 사람이 태어나기 이전의 미니어처 같아."

하지메는 그런 말을 자주 했다.

바닷물이 고여 있는 곳에는 게와 작은 물고기들이 무

수히 있었다. 이름 모를 길쭉한 벌레와 투명한 플랑크톤도 보였다. 바위에 들러붙은 따개비와 거북손이 신기한 무늬를 만들고, 조금 아래쪽을 들여다보면 성게가 날카로운 가시를 벌리고 있었다.

사람이 갈 수 없는 훨씬 깊은 바닷속에는 어떤 생물이 살고 있을까?

나는 그 광경을 상상했다. 그 깊이와 파란색과 알 수 없어서 두려운 소리 없는 세계, 공기도 없다. 낯선 생물들이 그들 나름대로 살아가고 있는……. 그것은 우주와 조금도 다르지 않다.

위에서 그들의 생활을 빤히 들여다보고 있는 이쪽이 침략자이고 우주인이다. 그쪽 생활을 그저 위에서 들여다보는.

그 오징어와 게, 강담돔과 두동가리돔을 매일, 그리고 해마다 같은 장소에서 만날 수 있다는 기적.

그거야말로 얼마나 엄청난 일인데, 사실은 인간도 마찬가지인데, 의외로 우리는 그 사실을 모르면서도 잘 살아간다. 해마다 꽃을 피우는 벚나무도 풍경으로밖에 여기지 않는다.

뒷집 할머니는 찾아가면 언제나 집에 있었다. 해마다 비파잼을 만들어 갖다 주시는 할머니를 본받아, 나눠 드릴 뭔가를 조금 손에 들고 "안녕하세요." 하고 찾아가면 늘 집에 있었다. 현관에 놓인 먼지 자욱한 유목도 언제나 그 자리에 있었다.

그렇게 매일 만날 수 있다는 것은 신기하고도 엄청난 일이다. 서로가 살아 있다는 것. 약속도 하지 않았는데 같은 장소에 있다는 것. 누가 정해 준 것도 아닌데.

사실은 많은 것들이 그렇게 확실하지는 않다고 의식하고 살면 너무 괴로우니까 생각지 않고도 살 수 있도록, 하느님이 우리 몸을 멍하게 지내는 세월에 버틸 수 있게 만든 것일까.

이 세상에 있는 자비와 무자비의 균형은 우리가 상상할 수 없으리만큼 거대하다. 그저 그 안에서 허우적거리고 깜짝 놀라면서 때로 받아들이는 정도밖에 할 수 없을 만큼 거대한 것 같다.

하지메에게 꼭 경험시켜 주고 싶어, 캄캄한 밤바다로 들어간 적도 몇 번 있었다.

낮보다 조금 싸늘한 물은 마치 먹물에 몸을 담근 것처럼 까만데, 손을 움직이면 야광충이 사르르 빛나며 길을 만들어 주었다. 몇 번이나 몇 번이나, 홀린 것처럼 손을 움직였다. 마치 요정의 몸에서 떨어진 빛의 가루인 것처럼 어둠에 금빛이 흐르는 순간이 잔상으로 남았다.

살아 있는 것들이 만들어 내는 꿈같은 반응에 우리는 넋을 잃었다.

"이렇게 신기한 건 태어나서 처음 봐!"

하지메는 몇 번이나 물속으로 손을 휘익휘익 내밀었다. 물고기처럼.

그렇다, 생각해 보면 밤바다 속에서 빛나는 생물과 함께 있다는 것, 그들과 함께 헤엄친다는 것, 으스스하기도 하고 멋지기도 한 묘한 느낌이었다.

정말 굉장하다. 살아만 있어도 만날 수 있는 것들이 너무 많다. 만약 이 여름, 내가 가게 일만 생각하고 있었다면, 절대로 깨우치지 못할 감각이었다.

하지메가 와 줘서 정말 다행이라고 생각했다.

이런 기묘한 감동 하나하나가 나를 풍성하게 하고, 내 눈동자를 빛나게 하고, 나의 하루하루를 새롭게 해 주었다. 그리고 그것이 낮에 하는 일을 다양한 각도에서 복합적으로 뒷받침하고 있다는 것을 깨닫게 되었다.

하지메에게 신목인 아름드리 녹나무를 보여 주고 싶어 오랜만에 신사에 갔더니, 그곳 역시 쇠락해 있었다. 공사 중이었고, 예전의 활기도 없고, 쓰레기만 널려 있고, 사람들도 잘 드나들지 않는 인상이었다. 번화가에서 많이 떨어져 있기는 하지만, 그래도 신사마저 쇠락했다는 것에 유독 서글픈 느낌이 들었다.

청소라는 건, 그 사람이 그 공간을 사랑하는 마음이 있기에 청결히 하는 거구나, 하고 절실하게 생각했다. 하는 시늉만 하면 금방 알 수 있다. 나무든 사람이든 동물이든 공간이든 사물이든, 소중히 여겨지는 것들은 금방 알 수 있다.

옛날에는 북적거렸던 참배 길 주위의 가게도 겨우 문

바다의 뚜껑

을 열고 있는 분위기였다.

굵은 가지에 새끼줄이 매달린 신목만 시들지 않고 무성하게 잎을 늘어뜨리고 있었다.

한때는 이 부근에 있는 공중목욕탕도 리모델링되어, 관광용 시설로 호황을 누렸고 나도 저녁나절 산책 삼아 찾아오곤 했는데, 지금은 들고 나는 사람들이 드문드문 보일 뿐이었다.

그런데도 끝나 가는 것의 애처롭고도 아련한 분위기가 없는 것은 아니었다. 그렇구나, 이렇게, 조금씩 소리 없이 사라지는 거구나…… 동네마저도.

나는 묘하게 납득하고서는 신사 뒷산에 무성하게 자라 있는 바나나를 바라보았다.

하지메가 말했다.

"나, 이 동네에서 태어나고 자라서, 마리랑 새해 참배도 같이 하고 그랬으면 좋았을 텐데."

"그렇게 좋은 것만 있는 건 아니야. 좋은 사람들만 살았던 것도 아니고. 그냥 지금보다 훨씬 좋았던 시절이 있었다는 얘기지."

"역시 그런 건가. 지금까지는 좋은 사람들만 만나서,

그래서 관광객 기분으로 있을 수 있는 건가."

하지메가 웃었다.

"진짜 이상한 사람도 있어. 공중목욕탕에서, 젊은 사람이 들어오면 괜히 심술을 부리는 게 사는 보람 같은 사람도 있고, 고부간의 갈등으로 엉망이 된 가족도 있고, 집에 사람을 거의 가두다시피 하는 경우나, 비닐봉지에 묶어 버린 쓰레기를 열어서 뒤지는 일도 있고, 종일 가게 앞에 앉아서 남 험담이나 하는 아줌마들도 있고."

"역시 그러네. 어딜 가나 그런 사람들은 있나 봐."

"그럼. 얼굴 표정까지 이상해져서, 바짝 조려 놓은 것처럼. 고블린 같은 초록색으로 보여. 딱딱하게 굳어 있고. 그런 사람들, 아마 뭔가에 홀려 있는 거겠지."

내가 그렇게 말하자, 고블린, 하면서 하지메가 웃음을 터뜨렸다.

가게 일을 하다 보면 당연히 그런 사람을 접하게 되는 일도 있다. 근거 없는 중상도 있지만, 가게라는 창문으로 얼굴을 내밀고 있을 뿐이니, 뭐에 홀린 사람이라 여기고 상대하지 않으면 그런대로 잘 피해 갈 수 있었다.

바다와 빛이 앞쪽 얼굴이라면, 고블린이 지속적으로

생겨난다는 것은 뒤쪽 얼굴이다.

"그런 사람들은 어쩌면 좋을까?"

하지메가 말했다.

"나는 화상을 입고도 일어났는데."

"애당초 관계없는 세계의 사람들이라 떨쳐 버리고 최대한 접하지 않으면 되잖아? 내 눈에는 그런 사람들이 이미 사람으로 보이지 않는걸. 눈빛부터 이상하잖아. 정말 이상하게 생긴 고블린으로 보이는걸."

"마리는 어떤 일에든 딱 부러지는구나. 마리만 같았으면, 나도 여기로 도망쳐 오지 않을 수 있었을지 모르겠어."

"그런 건 아니겠지. 아무튼 그런 사람들은 한번 부딪치면 끔찍할 정도로 집요하니까, 나도 틀림없이 질 거야. 하지만 하나 진짜로 분명한 것은, 옛날에는 그런 일이 벌어져도 전혀 신경 쓰이지 않을 만큼 바다와 산이 매일 매일 모습을 바꾸는 원더랜드인가 싶을 정도로 즐거웠다는 것. 때가 되면 변하는 계절도 멋진 기후도 이 두 손에 다 거머쥘 수 없을 만큼 풍성했어. 그리고 아무리 싫은 사람에게도 저녁노을과 태풍이 지나간 후의 하늘이 고루 아름다운 걸 뿌려 주었어. 상상이 안 될 만큼 아름다운 날도 1년에 몇 번은 있었고, 시시각각 변하는 빛과 바다와 하늘의 색이 너무 황홀해서 모두들 무언가를 선물받은, 그런 기분이 들곤 했지."

나는 말했다.

"그래서 지금, 자연이 점차 사라지는 것도 그렇지만, 물고기도 잘 안 잡히고 돈이 만족스럽게 들어오지 않고, 그러니까 별로 즐거움이 없는 상황에서 기분이 가라앉기 시작하면 옛날처럼 쉽게 회복되지가 않는 거겠지."

"옛날이 좋았다는 말인가."

"그야 물론, 세상을 보는 나의 눈도 신선했으니까. 다만 여기 사는 사람들이 이제 어떻게 되든 별 상관하지 않는 게 슬플 뿐인지도 모르겠어. 나는 어떻게 되든 상관없지 않으니까. 얼마 전까지는 그래도 동네 사람들이 열심이었는걸. 그런데 불황이 시작된 무렵부터인가, 조금씩 뭔가가 변했어. 대형 체인점이 여기저기 생겨서 편리해진 건 맞지만, 빙수 가게는 두 군데나 문을 닫았고, 관광객이 없어지니 건어물상도 사라졌고. 하지만 자잘한 일들이 겹친 거겠지. 항구에 아주 소박한 식당이 하나 있었는데, 회

덮밥이 정말 맛있어서 유명했어. 우리 가족도, 동네 사람들도 더위 속에 그 먼 거리를 걸어가는 게 여름의 즐거움이었어. 커리도 맛있었는데, 다진 고기가 듬뿍 들어 있어서 꼭 키마 커리[9] 같았다니까. 대학 시절에는, 그 커리랑 생맥주 때문에 한여름 내내 그 가게 드나드느라 열심히 걸은 덕분에 다이어트가 되기도 했거든. 그 가게 하나만 전혀 달랐어."

"거기도 없어졌어?"

하지메가 물었다.

"인심 좋은 가족들이 그렇게 맛있게 만들어 주다 보니 장사가 너무 잘돼서 돈이 많이 모였다고 가족이 모두 이즈 고원으로 이사 가서 펜션 같은 걸 시작했어. 지금도 가게는 그 자리에 있지만 커리는 없고, 전보다 맛도 훨씬 못 한 것 같아. 그래서 안 가니까, 나만의, 아니지 다들 그럴 거야, 그 덥고 행복한 길이 실크로드처럼 사라져 버렸어."

나는 말했다.

---

9 다진 고기를 사용해 매운맛을 강하게 한 커리의 일종.

"시, 실크로드? 그건 좀 아니지. 여러 가지 의미에서 다르잖아."

하지메가 웃었다.

"그리고, 바닷가에 라면이 아주 맛있는 집도 있었어. 가게 아저씨가 생선을 맛술에 절였다가 말리기도 했는데, 수영복 차림으로 가게 앞 의자에 걸터앉아 구워 주는 말린 생선을 먹으면서 생맥주를 마시는 것도 내 인생의 행복 중 하나였어. 그 가게에도 언제나 편안함과 웃음이 있었지. 그런데 그런 것들이 반드시 몇 년 지나면, 그것도 돈 때문에 없어져 버리곤 했으니, 난 하지메처럼 이 동네에 처음 놀러온 친구에게 뭘 자랑하면 좋을지 모르겠어. 그렇게 멋진 걸 남기지 못하고 있는데, 뭐가 계속되겠어. 뭘 믿고 매일을 지내면 될지. 멋진 것들이 어차피 하나도 남지 않는다면."

하지메는 언제나 내 불평만 듣고 있는데도 꼬박꼬박 고개를 끄덕여 주었다.

신사의 기둥문 아래를 지나 상점 거리 길을 통해 오래전부터 있는 해묵은 집들이 줄지은 한적한 언저리를 산책하면서 걸었다. 그래도 민박은 아직 몇 군데나 영업을 하

바다의 뚜껑

고 있어, 주방에서 활기찬 소리가 흘러나왔다. 손님의 신발도 가지런히 놓여 있었다. 그런 것들을 보면 그나마 안심이 되고 반갑다.

"이렇게 따분하고 힘들면 오래 버틸 수 없잖아. 그러니까 빙수를 먹으러 오는 사람들은 다들 웃는 얼굴이고, 새로운 거니까 반갑고 기쁜 거야. 옛날 같지 않지만 신사 쪽이 더 좋다는 사람도 없는걸."

"나도 언젠가 다시 와서, 좋게 변해 가는 걸 봐야겠네."

하지메가 말했다.

"바다에 사는 생물도 늘어나면 좋겠고. 할머니가 되어서도 물고기들이랑 헤엄칠 수 있으면 좋겠어. 올해는 바다가 내게 힘을 주어서, 그런 생각이 간절하네."

엄마가 가끔, 하지메를 호되게 부려먹지는 않는지 걱정스러워 가게로 찾아오곤 했다.

엄마는 하지메의 엄마와 종종 전화로 얘기하면서, 하지메가 조금은 기운을 되찾았고 까매졌다는 보고를 할 수 있어 기쁜 듯했다.

"걱정 마. 엄마 딸이 작정하고 붙어 있잖아."

나는 엄마에게 그렇게 말했지만, 간혹 틈이 생기면 엄마는 양산을 쓰고 소나무 숲을 천천히 걸어 가게로 찾아왔다. 양산 쓴 엄마를 보면, 나는 언제나 그립고도 애틋한 기분이 들었다. 어렸을 때, 엄마가 바닷가에서 노는 나를 데리러 나왔을 때 같은 느낌이 들었다. 그 무렵에는 아직 할머니가 있었고, 이 세상의 혹독함으로부터 나를 보호하는 울타리 역시 아직은 훨씬 든든했다.

손님이 없으면 엄마는 의자에 앉아 빙수를 먹고 갔다.

"꽤 맛있네. 고급스러운 맛이야, 질리지도 않고."

엄마는 그런 말로 늘 나를 칭찬해 주었다. 나는 마치 장난꾸러기 소년처럼 유독 쑥스러워했다. 하지메는 그런 나를 보고 히죽히죽 웃었다.

한 번은 가게 문을 닫은 후에 셋이서 곶에 간 적이 있었다. 차로 20분 정도 걸리는 유명한 장소였다. 곶에서 보는 바다는 반짝반짝 빛나고, 초록색 봉긋한 작은 섬이 물 위에 동그마니 떠 있었다. 빛을 받고 있는 모든 것이 한없이 멀게, 신성하게 보였다.

"여기서 아빠랑 곧잘 데이트를 했어."

엄마가 말했다.

"이 동네 연인들에게는 여기에 오는 거 말고는 낭만적인 일이 없었으니까."

"금 캐던 광산 자리는? 어둡고 동굴 같아서 낭만적이지 않나?"

"거기는 관광객들이나 가지."

"해질 무렵에 여기 서서 저 먼 아래를 바라보면, 짜증나는 일은 다 잊을 수 있었어."

엄마는 젊었을 때 아빠가 일하는, 고양이가 있는 그 소박한 호텔에 취직했다가 아빠와 결혼까지 하고 말았다.

하지메의 엄마는 그 시절 동료였다.

"우리 엄마도 여기 왔으려나."

눈부신 햇살에 하지메는 눈을 찡그리고, 한없이 이어지는 먼 바다를 바라보았다.

"그럼, 왔을 거야. 데이트도 하지 않았을까?"

나는 말했다. 이 깎아지른 벼랑 위에서 보이는 웅장한 경치만은 나 어렸을 때부터 조금도 달라지지 않은 채 소중하게 보존되고 있다. 기념품 가게 상품이 바뀐 정도뿐,

사방이 빽빽한 짙은 녹음도 시끄러울 정도로 울어대는 매미 소리도 경치를 즐기기 위한 오솔길도 옛 모습 그대로였다. 셋이 바람을 맞고 서 있었더니, 누가 엄마고 어떻게 만난 어떤 관계의 사람들인지 까맣게 잊어, 모두 소녀가 된 것 같았다.

"우리 엄마, 마지막에는 간병하느라 정말 힘들었는데, 지금도 도쿄에서 험한 꼴을 보고 있어. 엄마야말로 여기 왔으면 좋았을 텐데."

하지메가 말했다.

"요시코 씨도 또 오면 되지, 난 언제든 여기 있으니까."

엄마가 웃었다. 젊었을 때처럼 머리카락이 바람이 흩날렸다. 이미 희끗한 머리가 눈에 띄었지만, 역시 그 근원에 있는 인상은 바뀌지 않았다.

내게는 엄격한 엄마였고, 고집스럽고 융통성도 없지만 남의 험담을 하지 않는 점은 좋았다. 동네 사람들 모두 우리 가족은 다 좋은 사람들뿐이라고들 하는데 실제로는 그렇지 않다. 욕심도 심술도 부린다. 사람으로서 그저 보통일뿐이다.

"사람이란 모두 행복하고 싶지, 아프고 두려운 건 싫어

하는 법이야."

엄마는 내게 자주 그렇게 말했다.

"그러니까 누가 그렇게 될 수도 있는 일에는 절대 힘을
실어 줘서는 안 돼."

나는 괴롭힘이나 따돌림…… 시골이라서 정도는 심하
지 않았지만, 안 그래도 낯을 많이 가리는데 그런 일에 가
담하지 않은 탓에 점점 더 혼자 있는 일이 많아졌다. 그
래서 어렸을 때는 풀이 많이 죽어 있었지만, 지금은 오히
려 그런 행동이 통판나무처럼 나를 든든히 받쳐 주고 있
었다.

우리 엄마와 하지메의 엄마는 지금 내가 하지메와 있
는 것처럼 같이 시간을 보내고, 그때 할 수 있는 일을 한
껏 하면서 시시한 수다도 떨고 손도 잡고, 서로의 냄새와
감촉을 확인할 수 있는 위치에서 추억을 만들었으리라.

이 동네와 근처의 여러 장소를 돌아다닐 때마다 하지
메는 "데려와 줘서 고마워." 하고 말했지만, 사실 감사하
고 싶은 쪽은 나였다.

하지메와 함께 있으면 혼자 느꼈을 때보다 훨씬 크고
넉넉하게 느낄 수 있었다. 내 마음이 활짝 열려 온갖 것

들을 훨씬 잘 알 수 있었다.

사람은 사람과 함께 있어 보다 커지는 경우도 있다.

내가 좋아하는 것을 같이 봐 주는 사람이 있다. 그 하나로도 나는 운전을 아무리 오래해도 좋고 저금이 바닥나도 좋다는 기분이 들었다.

"이 경치, 정말 엄청나네. 하느님의 기분이 어떤지 알 것 같아. 너무 아름다워서 숨이 막힐 것 같아."

멀리 떠나가는 배가 콩알만 하게 보인다. 한 줄기 하얀 선을 남기고, 마치 하늘을 나는 비행기처럼 바다 위로 멀어지는 것을 우리는 말없이 지켜보았다. 모든 것이 금색으로 빛나고, 금가루를 뿌린 것처럼 반짝거렸다. 하늘과 바다의 경계도 빛나고, 너무 아득해서 가물가물했다.

❀

우리는 집으로 돌아가는 길에 종종 먼 길을 돌아 제방에 올라가서는 낚시꾼밖에 없는 끝까지 산책했다.

저녁노을이 사라지기 전에 도착하려고 성큼성큼 걸어갔다.

그리고 언제나 제방에 걸터앉아, 저무는 태양을 잠자코 바라보았다.

저녁노을에는 어마어마한 힘이 있다. 오늘이 한 번밖에 없다는 것을 침묵 속에서 깨우쳐 준다. 하지메는 여전히 잘 먹지 않아 전혀 살이 찌지 않았다. 제방의 사다리를 올라갈 때, 그 가녀린 팔이 원숭이처럼 보였다.

꼭 껴안아 조그만 바구니 같은 것에 담아서, 절대 깨지 않도록 조용히, 한껏 쉬게 해주고 싶을 정도였다. 하지만 그럴 수 없는 것이 인생임을 나나 하지메나 젊은 나이에 이미 알고 있었다.

어느 저녁나절, 평소 기우는 해를 바라보는 그 장소에서 하지메가 말했다.

"나, 벌써 오래전에, 어쩌면 그럴지도 모르겠다고 깨달은 게 있었어."

저녁 바람이 조금은 서늘하게 불고, 그렇게 밝던 빛이 서쪽으로 점차 모여들어, 분홍과 오렌지색과 금색으로 구름을 물들이다, 순식간에 밤이 찾아온다. 밤의 기운이 사방에 가득해지고 자신들의 발치가 어둠에 묻힌다. 하지메의 얼굴이 엷은 어둠에 녹아든다.

머리카락의 가는 부분이 그림자가 된다. 쭉 뻗은 다리를 제방 아래로 덜렁거리고 있으면 간혹 파도가 부딪쳐 물방울이 차갑게 발에 튀었다. 밤바다 속에서는 생물들의 밤의 생활이 시작된다.

"이 흉터가 고마웠던 적은 없었어. 하지만 덕분에 나는 다른 사람들보다 훨씬 생각할 시간이 많았지. 그래서 언제나 생각했어. 할머니가 나를 지키려 애썼을 때는 뜨거움도 아픔도 못 느꼈어. 하지만 그때 할머니 몸이 얼마나 따뜻했는지, 어떤 냄새가 났는지는 똑똑하게 기억하고 있어. 사람은 그렇게, 자기보다 어린 것을 어떻게든 지키려 하지. 바로 그것이 사람이란 생물이 이렇게 오랜 세월 살아온 이유, 그냥 본능적인 이유라는 걸 나는 몸으로 깨우쳤어. 할머니가 가르쳐 준 거였지. 할머니가 돌아가시기 직전까지는 시간이 얼마나 천천히 흐르던지. 하지만 정말 아름다운 시간이었어. 훨씬 더 두렵고 생경해서, 보고 있기가 어려울 줄 알았는데, 조금은 여유도 있었고, 자연스러운 일이었어. 물론 낯선 일들도 많았어. 하지만 그런 걸 제외하더라도, 할머니는 의식이 없어질 때까지 할머니 자체였어. 짜증을 부리고, 화도 내고, 아파했지만,

그래도 할머니는 우리 할머니였어. 다른 생물로 바뀌지 않았어. 그게 얼마나 다행이었는지 몰라. 나는 그 드라마를 온몸으로 느꼈어. 옛날에는, 나이든 사람이 젊은 사람에게, 그렇게 많은 것을 몸으로 가르쳐 주면서 죽어 갔겠구나, 그렇게 생각했어. 내가 갖고 태어난 것과 그러지 못한 것……. 여러 가지로 많은 생각을 했어. 그리고 내 경우가 특별한 건 아니라고 생각하게 되었지, 그저 조금 빨리 느꼈을 뿐이라고. 그 전부가 나 혼자만의 마음의 상처는 아니라고. 이런 것이야말로 산다는 것이라고. 우리 인간은 매 순간 추억을 만들면서 시간 속을 헤엄쳐 가지만, 끝내는 깜깜하고 거대한 어둠 속에 빨려 들어가. 우리는 그럴 수밖에 없어. 죽을 때까지 계속. 계속해서 만들어 내고, 그런 한편으로 계속해서 잃어 갈 수밖에는."

하지메는 어둡고 나직한 목소리로 그렇게 말했다.

"에이, 아무리 그래도 그건 너무 어둡잖아. 아무것도 남지 않는다는 건, 전부 어둠에 빨려 들어간다는 건."

나는 그렇게 말했다. 나는 젊고 아직은 좌절도 아무것도 모르는, 그저 태어나고 자란 이 조그만 갯마을을 사랑하는 빙수 가게 주인일 뿐이었다.

"우리 조금 더 밝게 살자."

하지메 말이 옳다는 것을 직감으로는 알고 있었지만 인정하고 싶지 않았다. 그러나 어렴풋 알고 있었다. 아무리 밝게 생각하려 해도, 결국 모든 것은 어둠에 지핀 등불에 불과하다는 것을.

"생각지도 못한 것이 생각지도 못한 형태로 때를 초월하는지도 모르지."

하지메는 그렇게 말했다. 먼 곳을 바라보면서.

나도 그럴 수도 있겠다고 생각했다.

고향의 이 경치, 변하지 않는 해안선…… 밀려오는 부드러운 파도, 멀리 서 있는 등대에서 비치는 빨간 빛줄기……. 하지만, 지금 이렇게 있는 동안에도 무엇 하나 같은 것은 없고, 점차 변하다 사라져 버리는지도 모른다.

돌아가는 길, 손을 마주 잡고 걷는 어슴푸레한 길, 조개껍데기와 돌에 걸려 넘어지지 않도록 서로 도우면서 우리는 조그만 소리로 둘이 아는 온갖 노래를 흥얼거렸다. 하지메가 가져온 「바다의 뚜껑」이라는 노래도 나는 이제 가사를 다 외워 부를 수 있다. 노래하면서 터벅터벅 걸었다. 파도 소리 사이사이로 우리 둘의 목소리는 풍만하게 얽혀 밤하늘로 사라졌다.

잠시 틈이 생기면 하늘을 질러 가는 바람 소리가 들렸다. 멀리 보이는 아름다운 산은 소복한 검은 그림자가 되어 잠든 동네를 지키고 있었다.

옛날에는 밤이 되면 관광객과 주민이 뒤섞여 북적거리는 이 길을 무더운 밤에서 빠져나오려 무작정 산책하곤 했다. 나는 고요한 길 위에서 그렇게 시끌시끌하던 시절을 마치 유령을 보는 것처럼 겹쳐 보았다. 기념품 가게 아저씨도 장사가 되지 않으니 뚱한 표정으로 가게를 지키고 있을 뿐이었지만, 원래는 가게에 손님들이 훨씬 많았고, 다들 즐거운 표정이었고, 계산기를 두드리는 소리가 끊이지 않았다. 그 시절을 떠올리자 어린애처럼 울고 싶어졌다.

나는 이곳에 돌아온 후로 그런 기억만 떠올리고 있다. 향수가 나의 추진력이 되고 말았다. 그것은 언뜻 보기에는 희망적이지만, 사실은 과거로 돌아가는 것이었다. 헤어진 사람을 언제까지나 그리워하는 느낌이다.

앞으로 이곳이 어떻게 될지는 모른다. 나는 이곳 땅을 쓰다듬는 기분으로 매일 내 두 발로 걸어 다니고 있다. 자그마한 사랑이 새겨진 장소는 언젠가는 꽃이 피는 길이 되기 때문이다.

그런데도, 보다 큰 무엇 앞에서는, 하지메가 한 말대로 나는 떠밀려갈 뿐이다. 이 한때조차, 언젠가는 또 눈물 겨운 추억이 된다.

그러니 더욱이 무슨 큰일을 할 수 있다고 자만해서는 안 된다, 하고 생각할 수 있다는 것이 기뻤다. 내가 할 수 있는 것은 내 조그만 화단을 잘 가꾸어 꽃이 가득 피게 하는 정도다. 내 사상으로 세계를 바꾸자는 것이 아니다. 그저 태어나 죽을 때까지 기분 좋게, 하늘에 부끄럽지 않게, 돌과 나무 뒤에 깃들어 있는 정령들의 말을 들을 수 있는 자신으로 있는 것. 이 세상이 빚어낸 아름다운 것을 올곧은 눈으로 쳐다보고, 눈을 돌리고 싶어지는 일에는 물들지 않고 죽을 수 있도록 사는 것뿐이라는 것.

그것은 불가능하지 않다. 인간은 그렇게 만들어져 이 세상을 찾은 창조물이니까.

그리고, 하지메는 그렇게 어둡고 진실로 가득한 말을 하면서도 늘 맑은 눈빛이고, 보이는 것 전부와 정직하게 마주하는 듯이 보였다. 그 자세는 과거를 향한 나의 소심

한 미련과는 달리, 지금 그야말로 눈앞에 있는 것을 보려는 강함을 느끼게 했다.

그런 때면 하지메가 돌아가신 할머니를 수시로 떠올린다는 것이 그대로 전해졌다. 하지메에게는 이 바다도 저녁 하늘도 모래사장도 먼 빛도 모두, 아주 자연스러운 형태로 할머니의 기억을 떠올리게 하는 것이리라. 돌아가심으로 해서, 그 후로는 눈에 보이는 모든 것에 할머니가 함께 하게 되었구나, 그런 느낌이 들었다.

하지메를 더없이 사랑한 할머니가 없는 세계에서 하지메는 이제 막 노를 저어 나가기 시작했다.

내가 하지메를 '어쩌면 이 사람은 이 여름만의 손님이 아니라 진정한 친구가 될지도 모르겠네.' 하고 생각하게 된 특별한 사건이 몇 가지 있었다.

그 한 가지는…… 빙수 마니아인 내가 경쟁 가게 연구도 할 겸 하지메를 데리고 빙수가 있는 찻집에 가려고 산 위까지 걸어가는 도중에 옛날에 사귀었던 남자를 우연히 만났을 때였다.

　우리 둘은 이미 친구 사이가 되어 있었다.

　"뭐하러 가는데?"

　"빙수 먹으러."

　"또?"

　덕분에 그런 대화가 자연스럽게 오갔다.

　"이쪽은 하지메야. 엄마 친구 딸인데 이 여름, 우리 집에서 지내고 있어."

　나는 옛 남자 친구에게 하지메를 소개했다.

　그는 처음 뵙겠습니다, 하고는 하지메의 얼굴을 보더니 움찔 놀랐다. 그리고 내 눈을 똑바로 보면서 '무슨 사연인지 알겠다.' 하는 표정을 지었다.

　그 '알겠다.'가 더하지도 덜하지도 않아, 나는 내가 그의 어떤 부분을 그렇게 좋아했는지 기억해 낼 수 있었다.

　그리고 하지메를 보니, 그녀도 '두 사람 사이를 알겠어.' 하는 듯이 나를 향해 고개를 끄덕였다.

　그다음 셋이서 걷기 시작했다. 산으로 올라가는 길은 짙은 풀 냄새로 숨이 막힐 듯했고, 늦은 오후의 햇살은 가차없이 살을 태웠다. 그리고 매미 소리가 겹겹이 요란하게 울렸다.

그와는 내가 대학에 들어간 후로 그냥 자연스럽게 헤어지고 말았다. 피차 알게 모르게 연락을 끊고 말았다. 딱히 싫어진 것은 아니었다.

그의 집은 식사를 제공하는 민박집으로 젊은 여자 손님들이 많았다. 그가 그중 몇 명과 사귀고 있다는 얘기도 있어서 나는 '평생 질투로 마음고생이 클, 그런 일을 하는 집안 사람은 싫다.' 하고 성급하게 거리를 두고 만 것이다.

도착해 보니 공교롭게도 그 찻집에, 요즘 내가 약간 마음을 주고 있는 남자가 혼자서 차를 마시고 있었다.

그는 이 여름, 여기 아르바이트를 하러 와 있었다. 바닷가 가게에서 한 번 얘기를 나누고는 살짝 친해졌다.

할 수 없지 뭐, 동네가 좁은데 어쩌겠어, 하고 포기한 나는 자리에 앉았다.

내 마음에 든 남자는 하지메를 보자마자 "우와, 그림 자인줄 알았는데 아니네." 하고 말했다. 그러고는 한껏 다감한 표정을 지었다.

"이렇게 예쁘게 생겼는데 아깝다. 그래도 그 흉터가 없었으면 너무 예뻐서 탈이었을 거야!"

마치 순정 만화 같은 대사인데 까맣게 탄 얼굴로 웃으면서, 그가 말하니 어째서인지 상큼하게 들렸다.

그래 맞아, 나는 이 사람의 이런 부분이 마음에 들었어, 하고 생각했지만 역시 입은 다물고 있었다.

그는 그 가게에서도 일하는지 주문을 받으러 왔고, 서로를 소개하면서 자연스럽게 시간을 보냈다.

그 가게의 너무 달다 싶은 빙수를 먹으면서 얼굴을 들지 않은 채, 옛 남자 친구에게 물었다.

"할아버지 잘 계셔?"

"응. 그런데 허리가 좀 안 좋으신 것 같아."

"현관에 있는 항아리를 또 옮기셨나 봐?"

"그러게, 아무도 없을 때 혼자서 그러셨는지."

"조리 잘 하셔야겠네."

"응."

"다음에 무거운 거 들 때는, 낮이라도 전화하시라고 전해 줘."

"그럴게."

그런 대화를 나누는 사이, 내 마음에는 그의 할아버지가 축제 때 소형 가마를 이끌던 시절의 이 남자가 어떤 모습이었는지 떠올랐다. 장난기 가득한 눈에, 축제 의상은 귀엽고, 줄곧 할아버지 뒤를 따라 졸졸 걸었더랬지.

"너, 그 빙수, 오늘 몇 번째지?"

"처음인데."

"그러니."

"나…… 진짜 이상하던데, 너네 가게, 에스프레소 기계 있잖아."

"응, 있는데."

"그런데 왜 커피 빙수는 없어?"

"……정말 그러네. 그 생각은 한 번도 못 했어. 다음에 만들어 볼까."

"만들면 내가 시식할게. 나, 커피 빙수 좋아하니까. 커피 빙수 있으면 아마 번번이 주문할걸. 매일 먹어도 좋을 정도로."

"알았어."

주섬주섬 그런 대화를 나누었다. 스푼을 움직이면서.

빙수를 다 먹고 나자, 또 서로 자연스럽게 인사를 나누고 가게에서 나왔다. 나는 마음에 든 남자 쪽에는 조금도 신경이 쓰이지 않아 실망스러웠다. 그때 무척이나 좋게 보였던 것은 해변이 피운 마술이었을까.

매미 소리가 매앰매앰 겹치고 뒤섞여 들렸다. 소리가 눈에 보이는 것처럼 둥글둥글 울렸다. 그리고 저 건너 산이 햇살을 받아 금빛으로 빛나 보였다.

"그럼, 나 먼저 간다."

예전 남자 친구는 우리 것까지 빙수 값을 치르고는 사라졌다.

나와 하지메는 성큼성큼 걸어 수풀이 무성한 오솔길로 사라져 가는 티셔츠 입은 그의 등을 캔에 든 차를 마시면서 바라보았다.

그 등이 내 꿈의 전부였던 때가 있었다. 오직 그 울퉁불퉁 억센 손을 잡을 때가 내 온 하루의 기쁨이었던 때도 있었다. 그러나 지금은 모두 색이 바래 버리고 말았다. 그와 함께일 때, 고향은 최고로 빛났다. 해거름이면 늘 신사까지 천천히 걸어가 경내에서 빙수를 먹고, 또 키스를 하곤 했다. 이 동네에서 이 사람과 함께 이대로 어른이 되어 갈 수 있다면, 하고 바란 적도 있었지만, 역시 한 번은 바깥 세계로 나가 보고 싶어 그렇게 했더니 모든 게 달라지고 말았다. 나는 지금은 남자 뺨치는 빙수 가게 주인이다.

돌아가는 길, 타박타박 걸으면서 하지메가 말했다.

"어느 쪽이 남자 친구야?"

"어느 쪽도 아니야."

나는 웃었다.

"한쪽은 옛날에 잠시 사귀었던 사람이고. 가게에 있던 사람은 이제 막 알았는데, 좀 괜찮다 싶을 뿐이야."

"양쪽 다 괜찮은 남자던데."

"응. 커피 빙수, 아이디어 좋더라. 너무 달지 않게 만들면 시칠리아의 그라니타처럼 꽤 맛날 것 같아."

"그 아이디어 얘기할 때도 분위기가 좋았어."

"혹시 그 사람, 마음에 든 거니?"

내가 묻자, 하지메는 아니라면서 고개를 저었다.

"나, 웬만해서는 사람에게 빠지지 않아. 아마 평생에 한두 번이나 그러려나."

왠지 꽤 설득력 있는 말이어서, 이 아이는 정말 그런 거겠지, 하고 나는 생각했다.

"그렇구나. 나는 되는 대로 이것저것 집적대면서 내 멋대로 자란 타입이라서."

나는 그렇게 말했다. 그리고 물어보았다.

"하지메, 지금까지 남자 친구 있었던 적 있어?"

"응, 있어."

하지메가 방긋거리면서 얼굴을 들었다.

언덕 저 아래, 우리 집으로 가는 국도가 있었다. 그리고 풀과 나무 사이로 조그맣게 빛나는 바다가 보였다.

"지금도 사귀고는 있는데."

"나이가 너보다 많은가?"

"어떻게 알았어?"

"그냥. 하지메에게는 나이가 같은 사람, 어린애로 보이잖아. 뭐하는 사람이야?"

"원래는 학원 강사였는데, 지금은 거의 자원봉사 활동을 하고 있어. 전쟁이나 가난 때문에 힘겨운 외국의 작은 마을에 가서, 교육을 받지 못하는 아이들에게 영어도 가르치고."

"와, 아주 야무진 사람 같다."

"그런데 언제 돌아올지 알 수가 없네. 그쪽에서 아내랑 아이가 생겼다고 해도 전혀 놀랍지 않을 정도로 못 만났어."

하지메는 그렇게 말하고서 웃었다.

연애 얘기가 나오자 그 나이에 어울리는 귀여운 하지메로 변한 것이 흐뭇했다.

"……그런데, 그게 좀."

하지메가 말했다.

"내게 이런 흉터가 있어서 좋아하는 거 아닐까 싶은 때가 있어, 그 사람…… 혹시 내가 이렇지 않았더라도 좋아했을까, 하게 되는. 그렇게까지 진지해졌을까, 하고."

"에이, 뭐야. 그건 당연하지. 나는 알겠는데."

"무슨 뜻이야?"

하지메는 이쪽을 보면서 물었다. 화를 내려나 싶은 눈빛이었지만, 나는 상관 않고 말했다.

"플루트를 멋지게 부는 사람이 그 소리로 사람을 매료하는 것처럼, 손재주가 많은 사람이 인기도 많은 것처럼, 풍만한 가슴이 사랑받는 것처럼, 그 흉터가 하지메의 좋은 점을 부각시키고 있는걸, 어쩔 수 없잖아."

나는 말했다.

하지메는 어이없다는 표정으로 한참이나 나를 쳐다보다가 말을 이었다.

"마리가 그렇게 말하니까, 어째 모든 게 별거 아닌 것처럼 생각되네."

하지메는 그러고서 웃었다.

"사실이 그런걸. 그 흉터 덕에 하지메가 한결 깊고 매력적으로 보인다니까. 한결 신비롭고 하지메답게."

나는 말했다.

"그건 그렇고, 그럼 그 사람은 이제 일본으로 안 돌아오는 건가. 하지메도 쫓아가서 일도 돕고, 그렇게 하고 싶지 않아?"

"그런 생각을 안 하는 건 아닌데…… 왜 남자는 점점 깊고 어두운 걸 추구하는 걸까."

하지메가 말했다.

"하는 일이야 물론 훌륭하지만, 우물밖에 없고, 전기도 겨우 들어왔다고 하고, 전쟁을 치른 후라 지뢰도 있는 그런 곳까지 가서. 허름한 오두막에서 사니까 연락도 쉽게 할 수가 없어. 다른 여자 같았으면 아마 헤어졌을 거야. 할머니가 돌아가셨다는 연락도 아직 못 했어. 이런 때 만날 수조차 없다니. 그런 걸 감수하면서 그 먼 데를 가야 되는 건지 싶네."

"아, 알 것 같다. 나도 도쿄에서 나보다 나이 많은 남자를 사귄 적이 있거든. 곤충을 연구하는 사람이었는데, 눈코 뜰 새 없이 바빴어. 그때, 그런 생각이 들더라. 남자는 상황이 허락되는 한, 한없이 외롭고 어둡고 깊은 곳까지 간다고. 굳이 말이야. 탐구심인지, 인류의 구조가 그런 건지."

나로서는 도저히 해낼 수 없을 집중, 상상도 할 수 없는 고독 속으로 헤치고 들어가는 그 사람을 정말 이상하다고 생각했다.

"구조가 그렇다고 생각한 적은 있어. 남자는 점점 어둡고 외로운 쪽으로 가고, 여자는 일상 속에서 작은 빛을 만들어 가는 존재인가 하고. 하기야 양쪽이 다 있어서 인류의 수레바퀴가 돌아가는 건지도 모르겠네."

하지메는 그렇게 말했다.

"여자도 쓰러질 때까지 일하는 경우가 있지만, 체력의 한계에 부딪치기 전에, 그렇게까지 깊어지기 전에 제동을 걸잖아. 암울해서 안 되겠네, 맛있는 거나 먹고 푹 자야지, 하고 나면 금방 내일이잖아. 여자는 그런데, 근본적으로 역할이 다른 부분이 좀 있는 것 같아. 몸이 다르다는 건 역할이 다르다는 뜻이니까. 남자는 돌아갈 곳이 있어서 그렇게 과감해질 수 있는 걸까. 어머니나 부인…… 그런 보루가 있으니까 한없이 탐구해 나갈 수 있는 것 아닐까? 우주나 그런 걸."

"우주는 깊고 어둡고 끝도 없을 것 같은데, 그게 또 진실이라는 느낌도 드니까. 실제로 조사를 하러 떠나게 되면, 역시 남자가 가겠지."

"그러니까 최후의 보루는 최대한 튼튼하고 지나치게 어둡지 않고 대지에 단단히 뿌리를 내리는 편이 좋겠지. 게다가 생각해 보면 아이를 낳는다는 것도, 엄청나게 깊고 어두운 일이니까, 여자는 진실에 관해서는 그 경험으로 충분한지도 모르지. 나머지는 소박한 즐거움으로 하루하루 일상을 꾸려 나갈 수 있게 만들어진 걸 거야, 아마."

"그렇다고 여자가 깊지 않은 건 아니잖아."

"그럼, 종류가 다를 뿐."

"하느님이 참 두루 잘 생각했네."

"그러게 말이야. 빈틈없이 생각하고 만들었다니까, 이 세상을."

신기하게 의견이 같아, 둘은 마음이 둥실 넓어져 가는 것을 느꼈다.

바람을 타고, 저 멀리 바다까지 쭉.

"그래도 내가 보기에는 같이 빙수 먹었던 쪽이 잘 맞는 것 같았어."

"다시 내 얘기야? 됐어, 그 사람과는 이미 다 끝났어. 기껏 고향으로 돌아왔는데 그 사람이랑 다시 사귀면 하나도 진보가 없는 거잖아. 미안하지만 내가 얻은 건 커피 빙수뿐이야."

나는 웃었다. 하지메도 웃고서 말했다.

"그래도 정말 자연스럽고, 내 눈에는 역사도 있어 보여서 뭉클했어. 새로운 남자를 견제하려고 얘기하는 게 아니라 다 입에서 그냥 나온 말이었고, 마리도 아주 자연스러워서, 보기 좋았어."

"그만해. 끊으려야 끊을 수 없는 인연이란 말의 의미를 생각하게 되잖아."

"다시 사귈 마음 없어?"

"응, 지금은 딱히. 대학 시절에 사귀던 남자 친구와도 헤어졌고. 혼자이고 싶어."

"그렇구나."

하지메는 시샘을 하는 것도 아니고 부러워하는 것도

무관심한 것도 아닌 웃는 얼굴로 그렇게 말했다.

"그래도 잘 알겠어. 마리가 그렇게 자연스럽게 얘기하고 웃는 모습을 보일 수 있는 사람이 좋은 거겠지. 둘이 정말 아름다웠거든."

질투를 하거나 속내를 캐려 하지 않고, 나를 소박하게 있는 그대로 생각해 주는 하지메의 태도에 나는 완전히 감동하고 말았다. 지금껏 여자 친구들과는 늘 그런 부분에서 어긋났는데, 하지메는 나를 그저 나 자신으로 봐 주었다.

또 한 가지, 인상적인 대형 사건이 있었다.

아이디어를 대기업에 팔아 체인점을 운영해 보면 어떻겠느냐, 하는 전화가 가게로 걸려 왔다. 나의 이 하찮은 빙수 가게에.

때마침 저녁 나절, 어린아이들이 동전을 손에 꼭 쥐고 몰려오는 바쁜 시간이라 하지메에게 대신 거절해 달라고 부탁했다.

관광하러 온 아이들도, 학교가 끝나고 슬쩍 놀러 다니던 이 동네 아이들도 이때쯤이면 우리 가게로 빙수를 먹으러 온다. 그런 장면이, 우리 가게의 모델로 삼은 남쪽 섬의 멋진 가게에서 방실거리며 빙수를 먹으러 오던 여자 아이들을 봤을 때부터 나의 꿈이었다. 그래서 더욱이 나는 열심히 얼음을 갈았다. 하얗고 부드러운 빙수를 맛나고 안정적으로 완성하기 위해서.

하지메는 그런 우리 가게의 자세를 충분히 이해하고 있어서, 내가 이곳을 체인점으로 확대하거나 돈벌이를 할 마음이 전혀 없다는 것을 잘 알고 있었다.

아이들이 쉴 새 없이 찾아와 "나는 단팥 빙수 먹을 건데." "난 패션푸르트 빙수." "그거 많이 셔?" 하고 귀여운 목소리로 조잘댔다. 그런 목소리를 들으면 절로 기운이 나서 피로가 싹 달아났다.

어른 손님도 소중하지만, 내가 이 해변에서 평생 지우지 못할 추억을 많이 얻은 것처럼, 만약 내가 만든 빙수가 이 아이들의 인생에 지워지지 않을 좋은 것을 새길 수 있다면 얼마나 좋을까. 그런 생각을 하면 정성을 들이게 된다. 엄마와 함께 찾아오는 단골 아이도 있었다.

그리고 사륵, 사륵 얼음을 가는 내 귀에 하지메의 목소리가 간혹 가다 들렸다. 상대가 꽤나 집요하게 구는 모양이었다.

나는 가끔은 키득 웃고, 가끔은 참 대단하다 여기면서 그냥저냥 듣고 있었다.

하지메는 이렇게 말했다.

"나나 마리나 우리 동네 살리기 운동이든 환경 보호 운동이든 별로 관심이 없어요. 그러니까 일부를 자연 보호에 기부한다는 말이 귀에 잘 들어오지 않네요. 어차피 다른 방면으로 이것저것 더럽히고 뜯어갈 것 같아서 싫어요. 우리는 하루에 하루치만큼 일하면서 살고 싶을 뿐이에요. 돈을 좋아하기는 하지만, 너무 많으면 곤란한 일도 생기겠죠."

하지메 꼭 동업자 같네, 하는 한편 그렇게 열심히 도와주는 것이 고맙기도 했지만, 끝에 가서는 하지메가 할머니 얘기를 하고 있다는 것을 깨닫고서 애틋해졌다.

"네…… 네, 그건 알아요. 하지만 우리처럼, 그런 속도 자체를 따라갈 수 없는 사람도 세상에는 꽤 많다고요. 우리는 그저 느긋하게 살아가고 싶을 뿐이라서."

그러고는 공손하게 전화를 끊었다.

"뭐라고 했는지, 궁금해?"

잠시 틈이 생기자, 하지메가 물었다.

저녁때가 되어 매미 울음소리는 '쓰르람 쓰르람'으로 바뀌었다. 그 소리가 시원하고 청명한 음악처럼 들렸다. 솔숲의 소나무들도 이제야 겨우 한숨 돌리는 듯했다.

"괜찮아, 대충은 아니까. 그런데 이렇게 조그만 가게를 어떻게 해 보겠다니, 웃기네!"

나는 웃었다.

"그럼 유사한 레시피로 우리 쪽에서 체인화해도 괜찮겠죠, 그런 말까지 했어."

"그래, 됐어. 이 가게는 세상에 딱 하나, 여기밖에 없는걸."

나는 후련한 기분으로 웃었다. 내가 있는 곳은 여기뿐이다. 그냥 지나가는 사람도 있고, 두 번 다시 오지 않는 사람도 있다. 그러나 다른 누가 아닌 나를 만나 인사를 하고, 빙수를 먹으면서 잠시 쉬어 가는 단골손님도 있다. 나는 언제나 여기 앉아 있고, 흐르는 땀이 반다나에 스미고, 매일 비슷한 남자 같은 옷을 입고 얼음을 갈고 있다.

가끔은 어렸을 때 같이 놀던 남자 친구들과 고향에 내려와 있는 동창생들이 찾아와 맥주를 마시고는 분위기가 무르익기도 한다.

여기는 이 세상에 딱 하나밖에 없는 나의 장소다. 지금은 하지메와 나의 장소라고 할 수 있을지도 모르지만.

얼음은 녹아 금방 없어지는 것이라, 나는 늘 아름다운 한때를 팔고 있는 듯한 기분이었다. 순간의 꿈. 그것은 할머니도 할아버지도 어린아이도 나이 지긋한 어른도 다들 신기해하는, 이내 사라지는 비눗방울 같은 한때였다.

그 느낌을 정말 좋아했다.

그러니 그것을 잡아 조금이라도 어디에 고정시킨다는 것은 터무니없는 일이었다. 얼음은 엷고도 달콤하게 사라진다. 그것은 거의 기적이었다. 나는 그걸 좋아했다, 그저 단순히 좋아했다. 처음에는 그 자잘하고 하얀 안개 같던 것이 점차 덩어리가 되었다가 마지막에는 물이 된다. 모두 달콤하게 배로 들어간다. 그런 느낌.

돌아가는 길, 버드나무 아래 앉아 저녁을 짓는 집들의 분위기를 느끼면서 나와 하지메는 캔에 든 차를 마셨다.

"그런데 왜 돈이 많이 갖고 싶어지는 걸까?"

"그건 역시, 그냥 가만히 있어도 돈이 많이 들어오는 사람이 있잖아? 원래부터 땅이 있었다든지, 열심히 일했더니 돈이 술술 들어왔다든지."

"응."

"그래서 그런 사람들을 보면 부럽고, 어떻게 하면 저렇게 될 수 있을까를 생각하는 사람이 있잖아."

"그렇지."

하지메는 "그렇지."라는 말을 무겁게 뱉었다. 할머니의 유산을 원해서 많은 사람들이 몰려왔으니까. 하지메가 할머니를 좋아했던 만큼 그 사건은 하지메를 짓밟았다. 자세한 얘기는 해 주지 않았지만, 하지메의 말투나 눈빛을 보면 하지메가 얼마나 무참하게 짓밟혔는지 족히 알 수 있었다.

"그런데 다 쓸 수 없을 만큼 많아지면 어쩌는데? 무덤에 가져갈 수는 없잖아."

하지메가 계속해 말했다.

"자식이나 손자에게 남기려나?"

나는 옛날부터 그날 하루의 일밖에는 생각지 않았지만, 제법 즐겁게 여행도 다녔고, 이렇게 가게까지 번듯하게 차렸기 때문에 돈에 대해서는 별로 고민하지 않았다. 이 시골 동네에는 전혀 알려지지 않은 탓에 팔리지 않아 이탈리아에서 고생고생 수입해 들여놓은 에스프레소 원두 가루가 고스란히 남았을 때는 좀 난감했다. 그런데 마침 할아버지들 사이에 에스프레소에 우유를 넣거나 설탕을 넣어 마시는 유행이 생기는 바람에, 게이트볼을 치고 돌아오는 길에 그분들이 들러 주어 그 문제도 깨끗하게 해결되었다.

해결이란 정말 재미있다. '이제 틀렸네.' 싶을 쯤에는 반드시 찾아온다. '반드시 어떻게든 될 거야.' 하는 생각으로 머리를 짜내다 보면 전혀 다른 곳에서 불쑥, 아주 어이없이 찾아오는 것인 듯하다.

나도 가게 문을 연 후 에스프레소가 한 잔도 팔리지 않아 '어쩌나, 뜨거운 물을 섞어 아메리카노로 팔아야 하나.' 하고 골머리를 앓던 차에 게이트볼을 치고 돌아오는 할아버지들이 우르르 빙수를 먹으러 찾아와, 그중에서 전에 어부였고 제일 촌티 나던 할아버지가 "신혼여행을 나폴리로 갔는데, 그 시절이 그립군." 하는 말을 할 줄은 절대 예상하지 못했다.

그때 나는 개점 때부터 쌓인 피로감이 몸에 나타나 몹시 힘겨워던 탓에, 보통 때는 아무렇지 않던 일도 무척 버겁게 느꼈을 것이다.

딱히 고집을 부렸던 것은 아니고, 보리차도 열심히 팔았음에도 불구하고, 에스프레스를 팔려 하는 자신이 도시적이고 한심하게 느껴져 '내가 맛있으니까 판다.'라는 기본마저 잊어 가고 있었다. 솔숲에 비치는 햇살마저 어두워 보였다.

그런 때, 마치 만화의 반전 장면처럼 그 할아버지들이 나타나더니…… 다른 할아버지들도 "이거 쓴데." "음, 맛있는데!" "눈이 번쩍 뜨이는군." "건강에도 좋지 않겠어?" "우유는 없나." 하는 말을 저마다 하고는, 게이트볼을 치고 난 다음에는 빙수를 먹거나 에스프레소를 마셔야 멋진 마무리인 것으로 정착될 무렵부터, 무슨 까닭인지 세상에서도 에스프레소가 유행하기 시작해 주문이 꽤 많아졌다.

나는 믿고 있었다. 그 일처럼 의식이나 의도 같은 것이 파도처럼 인생을 움직이고 있다는 것을.

　"그런데 지금은 땅을 상속받아도 재산세를 물지 못해서 다른 물자로 대납한다면서?"

　하지메가 갑자기 어려운 말을 했다.

　"그, 그렇구나. 그런 거 난 전혀 모르는데. 그래도 돈이 싫은 건 아니야. 6인분을 한꺼번에 뽑을 수 있는 에스프레소 머신이 있었으면 좋겠다는 생각도 하는걸. 다만 가게는 일일이 자기 손으로 해결할 수 있는 범위가 아니면 안 되지. 내 손으로 직접 만드는 감각이 중요하잖아. 그러니까 돈이라는 것도 필요 이상 넘치면 쉬거나 놀 틈도 없어져서 결국은 쓰지도 못하고. 아, 그래도 비수기에 시칠리아에 여행 가서 이탈리아의 빙수 그라니타를 배가 얼얼해질 때까지 실컷 먹으려고 저금은 하고 있어."

　"대단하네. 꿈같은 일이잖아, 마리에게는."

　"하지메도 같이 가자."

　"응, 그렇게까지 빙수를 사랑하는지는 모르겠지만."

　"볼거리도 아주 많아. 멋진 남자도 많고."

　"당연히 가고 싶다니까. 나도 저금해야겠다. 돈을 엄청

많이 모아야 되는 건 아니지?"

"그럼. 어차피 배낭여행일 텐데. 그러니까 난 평생 그렇게 많은 돈은 없어도 돼. 따라서 체인화할 이유도 없고. 내 정신이 흐려지잖아. 반대로 그렇게 사업을 확장하고 싶어 하는 심리를 이해할 수 없어. 나는 돈이 많으면 불안해지는데, 돈이 없다고 불안해지는 인생은 상상이 안 돼. 그래도 역시 돈은 좋아. 뭔가를 자유롭게 얻기 위해 필요한 멋진 것이라고 생각해."

하지메가 고개를 갸웃거리며 말했다.

"잘 생각해 보자. 돈은 중요한 거잖아."

"그거, 어디선가 들어 본 대사인데……."

"우리 할머니 식물 모종 살 때만은 호사스러웠어. 괜한 것까지 사지는 않았지만. 집 안에 뭘 잘 두지도 않았고, 옷도 잘 갈무리해서 오래 입는 타입이었고. 그래도 식자재에는 꽤 돈을 들였는데, 먼 곳에다 주문하는 일은 역시 모종밖에 없었던 것 같아. 또 내 남자 친구도 기본적으로는 자원봉사지만, 정말 한 푼도 받지 않고는 절대 행동하지 않아. 그러는 건 자신의 가르치는 능력에도 가르침을 받는 쪽에도 오히려 실례라고 하면서, 스폰서가 되어 줄

기업이나 단체를 늘 찾았어. 하기야 거기 가서는 당연히 보수보다 훨씬 더 많이 일하는 것 같지만."

하지메는 진지하게 말했다. 나도 고개를 끄덕였다.

"심지가 굳은 사람들이네."

"그렇잖아, 돈이 아주 많다고 해서 뭘 할 수 있겠어?"

"지금보다 넓은 집에 살고, 갖고 싶은 걸 살 수 있지 않을까?"

"거 봐, 그 정도잖아……."

"휴대 전화도 마음껏 쓸 수 있고."

"응. 그런데 그렇게 걸 데가 많은가?"

"나는 친구가 몇 명 없으니까, 없지."

"그래도 좋아하는 곳에 살고 싶기는 하네."

"그래…… 가족이 있고, 할 일도 많고, 이 세상에 자기 혼자 절박하게 서 있는 게 아니라면, 다들 돈이 그렇게 많이는 필요하지 않을 거야. 인생에 부족한 게 있거나 애정에 문제가 있기 때문에 돈이 크게 부각되는 거 아닐까."

"우리는 잘 모르는 건지도 모르지. 세상에는 이상한 일도 많고, 사람들도 갖가지로 너무 많아. 다들 가능하면 어떤 일에서든 득을 보고 싶어 하는 것 같고."

"그런데 말이야, 왜 다들 할아버지가 살았고 아버지도 살았던 집에 그 자식들이 계속해 살 수는 없다고 상식처럼 생각하게 되었을까? 나, 만약 내가 살던 집을 자식에게 물려줄 수 없다면, 죽을 때 상당히 아쉬울 것 같아. 자신이 흥청망청 다 써 버렸다면 모르겠지만, 그저 남겨 놓기만 하려고 해도 잘 안 되는 경우가 있잖아? 이해를 못하겠어. 그런 상황이면 사람은 죽을 때 어디로 마음을 가져가야 돼?"

"그러게, 참 이상하지. 우리 할머니도 '내가 죽으면 상황이 복잡해질 거다, 서류만 가지고는 잘 처리되지 않을지도 모르겠구나, 미안하다.' 하시면서 돌아가시는 순간까지 신경을 쓰셨어. 그리고 보석류나 현금을 몰래 엄마에게 넘겨주기도 했고. 몸도 아프신데. 그게 아니라도 하고 싶은 일이 아주 많으셨을 텐데."

"우리가 바보인 걸까?"

"바보면 어때. 하지만 바보 나름으로 당당하게, 조용히 살고 싶어……."

하지메가 말했다. 고개를 숙여 흐르는 강물을 바라보면서. 나는 하지메가 우나 보다 했다. 그러나 아니었다. 하지메는 조그만 소리로 말했다.

"마리는, 언제나 까맣게 타 있고, 행동적이고, 생각도 딱 부러지고, 좋겠다. 마리랑 있으면 온갖 것들이 아무렇지 않게 여겨져."

"그, 그래? 고마워……?"

갑자기 무슨 말인가 싶어 나는 말했다.

"지금 얘기한 그대로야. 할머니가 사셨던 집, 지금은 우리 아빠와 엄마가 살고 있는데, 삼촌에게 넘겨주게 되었대."

"왜? 할머니의 임종을 지킨 사람은 하지메네 아빠와 엄마잖아?"

나는 깜짝 놀랐다. 그렇다면 하지메는 지금 사는 집에서 쫓겨나야 한다는 뜻이다. 게다가 할머니는 하지메의 외할머니니까, 자신이 살고 있던 집을 내던지고 아무 관계도 없는 집에 들어와 함께 살았던 하지메 아빠의 선의가 물거품이 되지 않는가. 딱히 집을 원한 것은 아니라는 걸 알고는 있지만, 그래도 정든 집을 떠나야 하는 건 가여운 일이지 않은가.

"유언장에서 단서를 찾아 재판을 거느니 어쩌느니 했

나 봐. 숙모가 얼마나 욕심이 많은지. 아, 다른 사람을 나쁘게 생각하니까 싫다. 그런데 우리 아빠는 욕심이 조금도 없는 사람이라, 다 됐고 괜찮으니 할머니 소유 땅 중에서 제일 조그맣고 불편한 아지로의 별장만 받기로 했대."

"아빠가 훌륭하시네."

"응, 늘 손해만 보기는 해도. 소심하고, 싸우지 않고, 집착도 없고, 그리고 한없이 행복을 추구하는 타입이야. 나와 우리 엄마는 그런 아빠에게 휘둘려서 화가 나는 일도 있지만, 그래도 미워할 수 없고 결국은 이해하게 돼. 그런 사람이 드라마에만 있는 게 아니라 현실에도 존재한다니까. 아지로의 집에 살게 되면 회사에 다니기도 힘들테지만, 주말에는 낚시나 공예 같은 취미 생활을 하면서 즐겁게 지내는 것이 아빠 나름의 복수가 되겠지. 하지만 아빠는 결국 그렇게 즐겁게 살 테고, 그 집에서 죽어도 후회가 남지 않을 정도로 바다의 풍경과 건어물과 맑은 공기를 즐길 거야. 나는 그런 아빠의 딸이라는 사실이 정말 자랑스러워. 탐욕스럽지 않은 남자는 드물잖아. 그래서 더욱 훌륭하다고 생각해."

하지메가 말했다.

"다만 할머니 집을 갖고 싶어 한 그 삼촌 부부가 집을 철거하고 땅을 세 쪽 내서 팔겠다고 야단이래. 생각 있는 형제들이 말리고 있어도 권리를 손에 쥐면 반드시 그렇게 할 사람이야. 난, 다른 건 몰라도 집이 철거되는 건 정말 싫어. 할머니는 이제 돌아오지 않으니까 집이 있어 봐야 그렇다 쳐도 그래도 이 세상에서 갑자기 없어진다는 걸, 아직 받아들이지 못하겠어. 그리고 할머니의 감나무, 철쭉, 수국…… 그런 흔적이 무시된다는 게 괴로워."

그렇게 말하고 하지메는 자기 무릎을 꽉 껴안았다.

기억이 너무 무겁고, 그 집의 하나하나가 너무 그리워 몸을 움츠린 것처럼.

버드나무가 살랑살랑, 마치 하지메를 위로하듯 부드럽게 흔들렸다.

"그 사람들은 그 사람들 방식으로 살다 죽겠지. 하지만 그 사람들 인생, 별거 없잖아. 인생을 별거 있게 만들려고 애쓰지 않는 사람들, 나는 관심 없어. 내가 관심이 있든 없든, 그 사람들에게야 상관없다 해도 그렇게 사람에게 상처를 주면서까지 얻은 것은 결국 인생에 작은 얼룩으로 남을 거야. 어차피 하지메 가족처럼 자부심에 찬

인생은 살 수 없을 테니까."

내가 말했다.

"그래, 그저 흘러갈 수밖에 없으니까 나는 괜찮아. 할머니도 언제나 그렇게 말씀하셨거든. 뭔가에 집착하지 않고 오늘 하루에 감사하고 잠들면, 어디에 있든 사람답게 살 수 있다고. 내가 화상을 입은 것에 대해서도 할머니는 늘, 언제나, 내가 살아 있어서 기쁘다고, 진심으로 말씀하셨어. 덕분에 어렸을 때, 사람들이 어떤 눈으로 나를 쳐다봐도 비뚤어지지 않았어. 그러니까 나는 어디로 흘러가든 괜찮아. 흘러간 곳에서 잘 살아갈 거니까, 그리고 추억도 많이 만들고. 그리고 죽을 때는, 다 들 수도 없는 꽃다발처럼 아름다운 걸 한 아름 갖고 갈 거야."

"그래도 화는 나네. 나 같으면 하지메 아빠처럼 가만히 물러나지 않을 것 같아. 싫은 소리도 하고 저주도 퍼붓고 악담도 늘어놓을지 모르겠어."

"다른 사람이 화를 내 주면, 그렇게만 해 줘도 기쁠 것 같네."

하지메가 말했다.

"그리고 나무는 꼭 옮겨 심어. 하지메의 새 집에다."

"응. 그럴 거야. 우리 할머니, 매일 식물들 돌보는 게 일이었는걸. 모자 쓰고 마당에 나가서 주문한 모종을 심고, 식물들이 자라는 모습에 울고 웃고 하시면서 늘 마당에 계셨어."

"환경 보호라고 하면, 사반나나 열대우림을 떠올리도록 세뇌되어 있잖아. 가까운 곳에 눈을 돌리면 난처해하는 누군가에게."

"응, 무슨 말인지 알겠어. 내 생각도 그래."

"하지만 사실은 그렇게 조그만 아픔…… 할머니의 나무를 남기고 싶은 마음, 우리는 그 정도밖에 짊어질 수 없지 않을까. 사람은 그렇게 멀리 있는 것에까지 마음을 쓰도록 장대하게 생겨먹지 않았다고 생각해. 물론 하지메의 남자 친구처럼, 뜻이 있어 먼 나라의 아이들을 위해 일하는 사람은 예외지만. 나는, 평생 자기 나라 밖으로 나가지 않는 그런 사람을 말하는 거야. 예를 들어서, 지금 저기 있는 바다에 옛날에는 훨씬 더 많은 산호가 살아 있었어. 거의 숲처럼 해초도 풍성하게 자랐고, 작은 새들이 떼 지어 날아다니는 것처럼 물고기도 많았고. 그런데 지금은 없어. 그 상황이 나는 정말 안타깝고 도저히 받아들일 수

　　　　　　　　　　　　바다의 뚜껑

가 없어."

하지메가 고개를 끄덕였다.

"만약 시대의 흐름에 떠밀려 사라지는 거라면, 뭐 그건 그대로 의미 있는 일이겠지. 하지만 새로 떠밀려 온 것에 그 빈자리를 메우기에 걸맞은 의미가 없다면, 나는 싫어. 전기나 수도, 병원, 그런 것들이었다면 받아들였겠지. 그런데 사실은 바다를 오염시키는 위험을 감수하면서까지 얻으려 할 만한 가치 있는 것들이 아니었어. 그래서 나는 빙수 가게를 하고 있는 거야. 혹시라도 내가 하는 빙수 가게가 너무 멋져서, 어느 날 누가 나를 죽이려 하거나, 나를 덮치고 불을 지른다 해도……."

"마리, 그런 일은 있을 수 없지. 텔레비전을 너무 봤네."

하지메가 웃었다.

"예를 들자면 그렇다는 말이지. 그래도 모두의 마음속에서 여기 빙수 가게가 있었다는 기억이 사라지지 않고, 이 앞을 지나면서 나와 빙수와 에스프레소의 맛을 떠올려 준다면, 나는 여기서 내가 하고 싶었던 일을 한 셈이잖아. 그건 또 내가 이 동네의 자연에 한 일이기도 하고. 여기에 오직 순수한 사랑을 남겼다, 그게 전부가 아닐까."

하지메가 고개를 끄덕였다.

"우리 아빠와 엄마는 사람들에게 너무 착하다는 말을 자주 들어. 하지만 내가 할머니 나무를 옮겨 심겠다고 하면 반드시 동의할 거야. 그러려면 돈도 들고 고생스럽기도 하겠지만, 그렇게 해서 남겨야 하는 것을 남기는 셈이 되니까. 새 집에서, 그 나무들이 내 손자들 세대까지 잘 자라 준다면, 그런 고생은 아주 작은 거지. 그런데 싹둑 자르고 파내서 내다 버리면 다 끝이잖아. 그런 일들이 너무 많아. 요즘 내 주위에는 온통 그런 일들뿐이야. 할머니가 돌아가시는 순간까지 끼고 계시던 반지도 순식간에 돈으로 환산되었는걸. 아주 먼 친척이 빈소에 달려와서, 말은 안 했지만 '그 반지, 어떻게 했지.' 하는 게 뻔히 보이는 눈빛으로 할머니 손을 보길래, 나 그만 웃음이 나오고 말았어. 내가 지금까지 본 장면 중에서도 정말 웃기는 광경이었어. 나, 그게 싫어서, 돌아가시자마자 몰래 빼서 가져왔어. 지금도 내 목에 걸려 있어, 여기."

하지메는 가죽 줄에 매단, 눈이 휘둥그레질 만큼 커다란 비취 반지를 보여 주었다.

"이런 짓까지 하자니 정말 싫었지만, 다른 사람이 그런 눈으로 보는 건 훨씬 더 싫은데 어떡해."

"할머니는 하지메가 그 반지를 갖고 있어서 좋아하실 거야."

"응, 나도 그렇게 생각해. 언젠가는 내게 주겠다고 늘 말씀하셨으니까."

지금 하지메는, 내 인생에서 빼놓을 수 없는 인물이다.

"하지메가 여기 계속 있었으면 좋겠다."

벌써 하늘이 높아지고 있다. 가을이 오면 하지메는 할머니의 제를 지내러 돌아가야 한다.

"마리, 난 화상 입은 것 때문에 애지중지 자란 탓에 내 생각밖에 못하고, 남들에게는 신경 안 쓰는 면도 있어. 그런 나를 귀찮아하지 않고 여러 가지로 잘해 줘서 정말 고마워."

"나도 즐거웠어."

나는 말했다. 그렇구나, 자각은 하고 있었네, 과연 하지메다워. 그렇게 감탄하면서.

원래부터 혼자 있기를 좋아하는 내가 도시에서 자란 이 아가씨와 줄곧 함께 지내면서 성가신 적이 없었다고 하면 거짓말이다.

하지메는 너무 섬세하고 여리고 아기처럼 이기적이고 자기 생각대로만 움직이는데, 언제나 나를 따라다니는 바람에 당연히 성가셨다. 게다가 지금은 상태가 좋지 않은 시기인 탓에 그 성격의 무거운 부분이 두드러져, 그녀와 함께 있으면 나는 간혹 무거운 짐을 들고 있는 느낌이 들었다.

하지만 처음 만났을 때, 온천에서 보았던 뼈가 불거진 등과, 차 안에서 음악을 들으면서 어디에도 기대지 못 하던 긴장된 표정…… 그런 것들을 떠올리면 그런 답답함과 짜증스러움이 단번에 달아났다.

"나, 아지로로 이사 오면 가까우니까 금방 올 수 있어. 주말마다 일 거들러 올게. 그리고, 여름에는 해마다 여기서 지내고 싶은데, 폐가 되려나?"

하지메가 말했다.

"폐는 무슨 폐."

"빙수 가게 일 돕는 거, 정말 좋아. 마리의 꿈에도 힘을 보태고 싶고."

"나는 혼자 있는 걸 좋아하고, 투박하고 또 사람 마음을 배려하지 않는 구석도 있고, 어린애 같다는 거 알아."

그러니 피차 마찬가지다. 사람과 같이 있다는 것은, 언제나 그렇다.

강물이 찰랑찰랑 흘러 바다로 간다. 오늘은 파도가 높아 하얗게 치솟은 세모꼴이 수면을 가득 메우고 있다. 해는 곧 수평선으로 가라앉으려 하고 있었다. 이제 집으로 돌아가, 엄마가 준비한 생선구이로 저녁을 먹으면, 또 하루가 끝난다.

"하지메는 어엿한 어른인데, 나랑 잘 지내 줬어."

"마리는 자기가 얼마나 대단한지를 너무 몰라. 사람인데, 마치 산 같아. 그리고 내 흉터도 꼭 자연을 보는 눈으로 봐 주었고. 마리는 무슨 일이든 실현하는 당당함을 갖고 있어. 그래도 마리는 자기의 대단함을 그냥 모르고 지냈으면 좋겠어."

하지메가 웃었다.

"내가 마리를 존경한다는 거 잘 알면서, 이런 말까지 하게 하는 건 좀 얄밉지만."

"미안, 미안."

후후후, 하고 웃으며 나는 말했다.

절대 거역할 수 없는 시기가 있다.

모래가 사락거리고, 빛은 반짝반짝, 해초는 흐물흐물 몸에 휘감기는, 갖가지 풍경이 있는 바다. 바다에 들어가서는 안 되는 시기가 올 때까지 우리는 거의 매일 바다에 들어갔다. 바다에 들어가면 안 되는 시기는 잠자리가 수도 없이 날아다니고, 하늘이 높아지고, 구름의 모양이 바뀌고, 밤바람이 서늘해지고, 해파리가 몰려올 때부터다.

그런 시기가 오면 아무리 헤엄을 치고 싶어도 포기할 수밖에 없어, 하고 나는 하지메에게 말했다.

그런데 하지메는 그날 잠깐 물에 들어갔다 오겠다 하고는 바다에 들어갔다가, 아니나 다를까 해파리에게 쏘여 열이 올랐다.

"그러니까 내가 말했잖아. 이제 수영은 안 된다고."

수건으로 둘둘 만 얼음주머니로 식혔지만, 채찍에 얻어맞은 것처럼 벌겋게 부은 하지메의 손은 여전히 화끈거렸다.

"이래서 도시에서만 자란 사람은 탈이라니까."

내가 그렇게 말하는데도 하지메는 문제 없다는 듯이 생글거렸다.

"나, 해파리에게 쏘여 본 거, 처음이야. 거의 나오려는데, 쏘이고 말았어……. 그리고 그때까지는 얼마나 멋졌는지 몰라."

"해파리에게 쏘이고서도 멋졌다니, 어이가 없네."

내게 해파리는 여름바다가 이제 막을 내린다는 반갑지 않은 표식이었다.

하지메는 여전히 황홀한 표정으로 말했다.

"무섭다는 생각에 물을 한 번 휘저을 때마다 얼마나 정교하게 팔을 뻗었는지, 마치 기도하는 심정으로 헤엄쳤는걸. 용기를 내서 무언가에 살금살금 들어가는 것처럼."

"칫, 그냥 해파리가 있는 바다에 들어갔을 뿐이면서."

"나, 바다에게 고마웠다는 말 못 했거든. 지난번에 헤엄칠 때."

"하긴 그러네. 나도 그 말은 늘 하는데. 여름이 끝나, 마지막으로 헤엄치고 바다에서 나올 때."

신이 난 내 얼굴이 얼떨결에 웃고 말았다. 또 똑같은 부분을 찾았다.

……올해도 헤엄치게 해 줘서 고마워. 올해도 이 바다가 있어 줘서, 고마워. 그리고 내년에도 이곳에서 다시 헤엄칠 수 있기를.

마지막으로 헤엄칠 때는 언제나 아쉽고, 바다에 그대로 하염없이 있고 싶으면서도 해가 저물어 어쩔 수 없이 나오게 된다. 그 미지근한 물까지 몸을 따라 나오는 것 같다. 몸과 영혼의 일부가 바다에 녹아드는 듯하다. 몸이 다 빠져나와 발목에서 파도가 찰랑거릴 때가 되어서야 겨우 포기한다. 그리고 애틋함만 남는다.

"정말? 마리도 인사하는구나."

하지메가 말했다.

"고맙습니다, 올해 처음 왔어요. 또 올테니까, 여기서 헤엄치게 해 주세요. 그렇게 바다에도 그 너머 산에도 기도했어. 그래서 그런지 해파리에게 쏘였어도 전혀 아프지 않았어. 그 인사를 잊으면 1년 내내 뭔가를 잊고 있는 듯한 기분이 들 것 같아서."

"응, 그래. 뭔가를 잊은 듯한 기분이 들 거야."

"왜 그런 생각이 들까."

"역시 조금은, 두려워하기 때문 아닐까."

바다의 뚜껑

"마리도 아직 바다가 무서워?"

"이렇게 잔잔한 만에서도 가끔 죽는 사람이 있어. 바다에 들어갈 때는, 무슨 일이 생길지 모른다는 각오로 들어가라는 말을 늘 들어. 그러니까 1년 내내 별 탈이 없으면 감사하고픈 마음이 들지. 나는 바다 뒤에 있는 산에게도 그렇게 생각하는걸. 이 바다에 들어갈 때는, 그 산이 지켜 주고 있는 것처럼 평온해져."

"나는 바다에서 이렇게 매일 헤엄친 적 없었어. 그래서, 추억을 만들어 준 것만도 감사하고 싶었어."

하지메가 말했다.

"옛날 사람들은 아마 자연에 대해 이런 기분이었겠지."

열이 나는데도 하지메는 웃었다.

"우리가 올해, 바다의 뚜껑을 제대로 꼭 닫았다는 뜻인지도 모르겠네."

나는 하지메가 언제 우는지 몰랐다.

가끔 아침에 일어났을 때, 울어서 눈이 부어 있으면,

아, 많이 울었나 보네, 하고 생각했다. 애써 아무렇지 않게 대하고 있었지만, 바로 얼마 전에 사랑하는 사람을 잃은 이 여름, 아무렇지 않게 지낼 수 있는 사람은 없다.

　나도 할머니가 돌아가셨을 때는 한 달쯤 내내 눈물을 흘렸다.

　어느 밤, 잠이 잘 오지 않아 하지메도 안 자고 있으려나 싶어 방문을 두드렸다. 불이 켜져 있었기 때문이었다.

　그런데, 하지메의 울음소리가 들렸다. 힘겹게 쥐어짜는 듯한 소리였다.

　그러고 보니 하지메가 저녁밥을 먹을 때에도 무언가를 꾹 참는 것처럼 몸을 움츠리고, 눈은 저 멀리를 바라보는 듯 멍했는데, 하고 나는 떠올렸다.

　살며시 방으로 들어가보니, 하지메는 몸을 한껏 웅크리고 울고 있었다. 몸에 힘이 잔뜩 들어가 있고, 그렇게까지 안 참아도 되는데 싶을 정도로 소리를 죽이고 있었다.

　"따끈한 차라도 끓여 올까?"

　그렇게 말을 건네자, 하지메는 무척이나 힘겹게 응, 하고는 겨우 고개를 끄덕거렸다.

　차를 들고 돌아오자, 환한 방에서 하지메는 울음을 그

　　　　　　　　　　　　　바다의 뚜껑

친 모습이었다. 눈은 빨갛고, 퉁퉁 부은 눈두덩이 눈을 짓눌렀다.

"미안해, 놀라게 해서. 때로 발작하는 것처럼 눈물이 나오네. 눈 아래, 눈물 덩어리가 생길 것 같아."

"안 놀랐어. 당연한 일이야, 당연한 일이라고."

"뭐가 이래서 슬프구나, 하는 그런 게 아니라, 때로 '할머니가 이제 안 계시다'라는 생각이 떠오르면 미쳐 버릴 것 같아. 공기가 희박해지는 느낌도 들어. 뭐가 뭔지 모르겠지만, 작년에 같이 갔던 가을 축제 기억이, 영화 보는 것처럼 계속계속 떠올라."

"그래, 충분히 이해해."

"특별히 즐거웠던 것도 아닌데, 전부, 아주 자세하게 되살아나. 할머니랑 평소처럼 팔짱을 끼고, 신사의 마당에 깔린 돌 사이사이 진흙을 밟지 않으려 조심하면서 걸었던 걸음걸음이 눈에 선해. 풍선 색도, 소스만 바른 쌀과자 맛, 단팥과 귤이 든 물엿, 전부 선명하게 되살아나."

"응."

"집에 돌아오면 마음이 조금 놓이고 허전한 느낌도 들고, 가을의 서늘한 바람이 창문으로 횡 불어들 때의 그 느낌, 생각보다 훨씬 많이 걸어서 다리는 뻐근하고, 할머니가 끓여 준 차는 씁쌀하고…… 그런 걸, 달콤한 사탕을 야금야금 핥아먹듯이 소중하게, 몇 번이나 곱씹고 있어."

"응."

나는 고개를 끄덕였다.

"언젠가, 정말 좋았던 일로 떠올리는 날이 올까. 지금은 그저 힘들고 괴로워서, 기억이 바로 옆에 있는 것 같아서 숨도 못 쉬겠어."

하지메가 말했다.

"지금이 가장 괴로운 때인지도 몰라. 그러니까 사양 말고 마음껏 울어. 울다 지쳐서, 가게 일 거들지 않아도 되니까. 지금은 누가 도와주지 않아도 괜찮은 때야. 뭐 애당초 도와 달라고 할 마음도 없었지만."

도와주겠다고 한 후로 성실하게 꼬박꼬박 일하는 하지메가 혹시나 쓰러지지는 않을까, 늘 걱정스러웠다.

이 동네 사람들은 하지메의 흉터에 무례한 말을 뱉으면서도 비교적 따뜻하게 대했다. 그러나 아무리 그래도 손님을 접하는 장사란 그 따뜻함과는 별개로 무척 힘든 것이다. 매일 타인 앞에 선다는 것은, 얼굴이 멀쩡한 사람조차도 심신이 버거울 때는 정말 힘겨운 것이다.

"응. 정말 힘들 때는 쉴게."

"그래, 그렇게 해."

"오늘, 마리 방에서 자도 돼?"

"그럼, 좁지만."

나는 이불을 날라다, 바닥에 널린 쓰레기를 밀쳐내고 잠자리를 만들었다. 내 방으로 건너와 안심하고 곤하게 잠들었는지, 더는 우는 소리가 들리지 않았다. 이미 잃어버린 것으로 머리가 가득할 때 누군가 불쑥 방에 들어오는, 그런 순간도 소중한 거구나, 하고 나는 잠들기 직전에 생각했다.

할머니가 돌아가셨을 때 방에 틀어박혀 내내 울기만 했는데, 일을 거들러 온 친척 언니가 차에 태워 이리저리 데려다 주었다. 그 언니가 까르르 웃을 때마다 나도 조금은 웃을 수 있었기 때문이다. 하루에 한 번 웃을 수 있으면 괜찮다는 느낌이 들었다.

나는 하지메와 그녀 할머니의 관계를 모른다. 그러니 그 슬픔의 질도 상상할 수 없다. 다만 조금 전의 하지메를 보고서, 그녀의 몸과 마음이 얼마만 한 무게를 처리하려

하고 있는지 족히 알 수 있었다.

절대 받아들이고 싶지 않은 것을 기를 쓰고 받아들이려 애쓰는 하지메의 그 싸움에 힘을 보탤 수는 있을지언정 대신 싸워 줄 수는 없다.

하지메의 할머니는 하지메가 추억이 남은 그 집에 언제까지나 살아 주기를 바랐을 것이다. 그 정도 일도 불가능한 상황에 내가 해 줄 수 있는 것은 더욱이 없다. 법률을 잘 아는 사람은 굳이 영악하지 않더라도 나름대로 자기 몫은 챙기고, 하지메의 아빠와 엄마는 사회의 한구석에서 그럭저럭 살아갈 수밖에 없는지도 모른다. 할머니의 돈은 이러나저러나 상관없는 일에 마구 사용되고, 하지메의 가족은 지금까지 그랬던 것처럼 소박하게 살아가리라.

그런 일 모두를 하지메는 힘겹게 받아들이려 하고 있었다. 분노가 몇 번이나 하지메의 몸을 불태웠다가 다시 잠재우는 것을 지켜볼 수밖에 없었다. 하지메가 포기한 것들의 숭고함을 지켜봐 주는 것밖에.

하지만 이 여름, 내가 없기보다는 있는 편이 좋았을 것이라고 당당하게 말할 수 있고, 그것이 나의 재산이었다.

다음 날 아침 눈을 떠 보니, 하지메가 이부자리에서

일어나 손에 든 뭔가를 물끄러미 쳐다보고 있었다.

부스스한 눈으로 들여다보았다. 그것은 내가 전화기 옆 메모장에 그린 이상한 생물의 그림이었다.

나는 어렸을 때부터 이상한 생물을 그리는 걸 좋아했다. 바다에 사는 것도 산에 사는 것도 아닌, 정체를 알 수 없는 생물. 눈이 있을 때도, 없을 때도 있고, 풀 같기도 하고, 우주인 같기도 하고, 속눈썹이 길거나 꼬리가 있거나, 그런 그림들을 닥치는 대로 그리면서 스트레스를 풀었다.

나는 외동인 데다 친구가 많지 않아, 어렸을 때부터 혼자 있는 일이 참 많았다. 그래서 친구를 만들어 같이 놀았던 것이라고 생각한다. 각 생물에게는 서로 다른 성격이 있었지만 이름은 없었다. 그 생물들은 그 생물들 나라에 살고 있고, 나는 잠시 엿보는 기분이었다. 마치 물안경을 끼고 바닷속을 들여다보며 바다 생물의 생활을 잠시 엿보는 것 같은.

그러니 바다 생물에 그런 것처럼 내 멋대로 감정 이입을 하거나, 의인화하거나, 그들 생활을 흐트려 놓아서는 안 된다……. 그런 의미에서 나는 살아 있는 그들을 스케치했을 뿐이었다.

"하지메, 뭘 보는 거야. 부끄럽게."

"굉장하네. 뭔지 모르겠지만, 얘들, 살아 있어."

하지메는 진지한 눈빛으로 말했다.

진정한 친구는 한순간에 거의 전부를 파악하고 만다. 그것은 진검으로 맞서는 승부이고, 조금도 거짓말이 없는 세계이다.

가령 누가 미소 띤 얼굴로 '와, 귀엽네. 정말 살아 있는 것 같아.' 하고 친절하게 말해 주었다면, 나는 기쁘기야 했겠지만 지금처럼 어떤 손이 가슴속을 꽉 움켜쥔 듯한 느낌은 들지 않았으리라.

내가 어느 정도 깊이 잠수하고, 얼마나 고독하며, 혼자서 얼마나 많은 것들을 마음에 새기고 있는지…… 친구에게는 그런 것들이 다 전해지는 법이다.

"왠지 나, 얘들이 사는 세계를, 알고 있는 느낌이야."

그런 말을 할 때의 하지메는 좀 무서웠다. 어두운 직감을 번뜩이고 있는 그녀의 마녀 같은 분위기를 흉터가 한층 날카롭게 부각시켰다.

"외로운 아이들이 다들 찾아가는 차원일 거야……."

하지메가 혼자 중얼거리듯 그렇게 말을 이었다.

바다의 뚜껑

그리고, 그 말을 했다.

"내가, 이걸 입체로 만들어 봐도 될까? 나, 인형 만드는 거, 좋아하거든."

나는 깜짝 놀랐다.

"물론 되지. ……그런데, 이것들 정체도 모르면서."

"이거 만들어 보고 싶어."

하지메가 뭔가 하고 싶다는 말을 그렇게 단호하게 하기는 처음이라, 나는 반가웠다. 나를 따라 어디 갔다가 감탄하거나, 일을 수동적으로 거드는 것이 아니라, 제 입으로 하고 싶다고 말했다. 내 그림을 입체로 만들고 싶다는 좀 이상한 바람이기는 해도 반가워 나까지 의욕이 생겼다. 어젯밤 우는 하지메를 본 충격마저 조금은 누그러졌다.

꿍

그다음 날부터 하지메는 바다에 들어가지 않는 대신 열심히 조개껍데기를 주웠다.

보고 있는 쪽이 머리가 어질해질 정도로 거기에만 집

중해서 거의 종일을 해변에서 지냈다.

나는 빙수를 팔면서, 눈앞에 펼쳐진 해변에서 계속 몸을 숙이고 있는 하지메를 바라보았다.

볼 양옆으로 흘러내린 짧은 머리카락, 조그만 손으로 모래를 더듬는 모습이 개펄에서 조개를 캐는 어린애처럼 한결같았다.

오후의 쉬는 시간이 되면 나는 빙수를 들고 해변으로 내려갔다.

하지메는 휘청휘청 다가와 감귤 빙수를 사각사각 먹으면서 조개껍데기를 보여 주었다.

"조개껍데기라면 아무 거나 다 되는 게 아니라서, 힘들어."

파도에 동글동글 깎인 것, 길쭉해진 것, 마모되어 반짝거리는 것, 모두 매끄럽고 예쁜 모양이었다.

"이걸로 뭐 할 건데?"

"인형에 영혼을 담을 거야."

하지메는 진지한 표정으로 말했다.

"산 생물이니까, 뼈가 있잖아."

그렇단 말이지, 하고 나는 바다를 보면서 생각했다.

바다의 뚜껑

산호나 조개껍데기는 아닌 게 아니라 뼈와 비슷하게 생겼다. 그리고 산 생물에는 뼈가 있다. 으스스한 느낌이 들지만, 맞는 말이다.

정색하고 그런 행동을 하는 하지메는 이상하지만, 그러나 단단하고 확고한 무엇으로 보였다.

사물을 이렇게 바라보는 시각을, 어렸을 때는 나 역시 더 많이 갖고 있었다. 하루의 일과와 사람들의 이목에 짓눌려 알게 모르게 조금씩 희미해졌는지도 모른다. 하지만 하지메는 그런 것들을 소중하게 간직해야만 하는 인생을 살았다.

나는 하지메가 살아온 혹독함을 존경하고 있었다. 그래서 그녀와 있을 때는 그런 것들을 떠올리기 위해 내려가자고 생각했다 '낮은 곳'이 아니라 '사물의 진정한 모습이 보이는 지점'까지.

"아프리카의 어느 부족이었더라."

하지메는 고르고 또 고른 산호 조각과 조개껍데기를 정성스럽게 닦으면서 말했다.

"전에 아프리카에 아이들을 가르치러 갔던 그 사람이 해 준 얘기인데, 여자아이가 태어나면 남자 목각 인형을 손에 쥐여 준대. 그러면 그 여자아이는 결혼하는 날까지, 그 인형과 얘기도 하고 의논도 하면서 친구가 된대. 난처한 일이 생기면 꿈에 나타나 해결책을 가르쳐 주고, 악령으로부터 지켜 주기도 한다네. 나, 그런 인형을 만들고 싶어."

"아이디어는 멋진데, 왜 내가 그린 낙서가 그렇게 엉뚱한 것이 될 수 있는 거지?"

"그야…… 귀엽잖아. 그 생물들. 마리가 빙수 가게 열심히 하고 있으니까, 나는 그 일을 할 거야. 그렇게 정했어. 그리고 팔리는 만큼 돈도 지불할게."

"됐어, 돈 같은 건."

"아니, 분명히 할래. 나, 인형 만들어서 앞으로 태어날 아기에게 줄 선물용이나 부적 같은 것으로 사용할 수 있게 할 거야. 그리고 가게를 차리려면 돈도 너무 많이 들고 한꺼번에 대량으로 만들 수 있는 것도 아니니까, 배달될 때까지 실물을 못 봐도 기대할 수 있도록 인터넷에서 팔려고 해."

"와, 거기까지 생각했어?"

"응, 그럼. 마리에게 빙수가 있듯이, 이게 나의 일이라고 생각해."

"그런데 누가 사?"

"뼈도 있고, 영혼도 담겨 있으면, 그리고 내가 계속해서 좋게 만들어 내면 사는 사람은 반드시 있을 거야, 걱정 마. 나는 이 산호나 조개껍데기가…… 자연의 조그만 정령 같은 것들의 모습이라고 생각해. 그러니까 다각도로 생각해서, 그 아이에게 맞는 인형을 선택할 수 있는 시스템을 만들고, 엄마와 할머니나 친척, 지인들이 사서 선물할 수 있도록 할 거야. 물론 너무 비싸면 안 되겠지, 또 함부로 버리지 않게 설명문도 붙여서 그 집에 오래 머물 수 있도록 할 거야."

"말이 그렇지, 봉제 인형 같은 건 어른이 되는 과정에서 휙 버리는 것들이잖아."

"그건 역할이 끝났다는 얘기니까, 어쩔 수 없지. 그래도 평생 간직하는 사람도 있을 수 있잖아."

"그런데, 사람들이 정말 살까……."

"잡지사나 신문사에 정기적으로 밀어붙여서 기사화되도록 할 거야."

그 말을 듣고서 나는 하지메, 정말 뛰어들 모양이구나, 하고 실감했다.

"기사, 실어 줄까?"

내가 물었다.

"처음에는 지인에게 부탁해 보려고. 게다가 이 얼굴이 있으니까 일단 취재는 해 줄 거야. 염려 마."

하지메가 자신 있게 말했다. 꽤 구체적인 계획을 세우고 있고 결심도 굳다는 것을 알 수 있었다.

"인터넷에서 입소문을 통해 판다. 말이 쉽지 안이하게 생각해서는 장사가 안 될 수도 있어. 역시 사람들에게 알릴 계기가 필요할 것 같은데."

"돈은 그렇게 필요 없어."

하지메가 웃었다.

"그리고 우리 가족은 이제 아지로의 산속에서 검소하게 생활할 수밖에 없는걸. 아빠도 곧 정년퇴직이고. 마리, 놀러 올 때는 고기 들고 와."

"고기?"

"엄마가 텃밭에다 채소를 키우겠다니까, 채소는 있을 거야. 아지로니까 건어물 같은 건 싸겠지. 하지만 고기는 부족하지 않을까 싶어서. 나는 집안일도 하고, 인형도 만들고, 그렇게 조용히 지내고 있을게."

바다의 뚜껑

"알았어. 고기 잔뜩 사 들고 차 몰고 갈게."

나는 웃었다.

하지메의 손안에서 이 바다에서 건져 올린 뼈들이 햇살을 머금고 점차 힘을 얻어 가는 것처럼 보였다.

내 새로운 사랑은 아무런 진전이 없는 채, 살짝 마음에 들었던 그는 관광 온 여자를 꼬드겨 한여름 연애를 하고는 돌아가고 말았다.

그리고 나의 예전 남자 친구는 리모델링을 하고 있는 우리 집에 몇 번인가 찾아와 일을 거들었다고 한다. 어느 밤, 나와 하지메가 집에 돌아갔더니, 밥을 먹고 있었다.

"하지메, 이제 며칠 후면 돌아갈 거야."

그렇게 전하자, 그는 해변에서 모닥불을 피우자고 했다.

"내가 있으면, 위험할 일도 없고."

그러고는 동생을 불러내, 모닥불을 피워 주었다.

"너, 불이 무섭다, 그런 거 아니겠지?"

하지메에게 그런 걸 묻는 점이 눈물 겨웠다.

하지메는 고개를 젓고는 싱긋 웃었다.

벌써 서늘한 바람이 부는 쇠잔한 해변에는, 아무도 없었다.

사람이 줄었다고는 하나, 여름이면 그래도 이 해변에서 폭죽을 터뜨리는 가족과 커플이 있었다. 성급히 찾아온 가을이 어제까지의 풍경을 싹 밀어내고 만다.

일렁이는 불길을 보면서 맥주를 마시고 조잘조잘 많은 얘기를 했다. 남자와 여자가 같이 있는데 섹시한 무드는 전혀 없어 마치 초등학생들의 불놀이 같았지만, 다같이 노래도 부르고 농담을 하면서 웃었다.

그의 동생은 정말이지 태어날 때부터 알고 있었다. 동네를 이리저리 다니며 놀다 보면 쑥쑥 자라나는 모습이 멀리서 언뜻언뜻 보이곤 했다.

내게 그들은 소중한 풍경의 일부, 언제까지나 있어 주기를 바라는 존재이다. 앞날은 알 수 없지만, 그가 자전거를 타고 우리 가게에 잠시 들러 주면 반가웠다. 서로가 다른 반려를 찾아 아저씨와 아줌마가 되어 간다 해도, 이렇게 들러 주면 좋겠다고 나는 생각했다.

"밖에서 불 피운 거, 처음이야. 별이 참 예쁘다. 있을 자리가 부족할 만큼 많아. 은하수도 보이고."

하지메는 너무 오래 올려다봐 뻐근해진 목으로 그렇게 말했다.

덩달아 모두 모래에 누워 말없이 하늘을 보았다. 캄캄한 하늘에 별이 총총했다. 해변의 가로등이 꺼졌다면 더 캄캄해 별도 더 잘 보였으리라.

옛날에는 훨씬 더 많았어, 하고 또 말할 뻔했는데, 입을 다물었다. 옛날에는 눈이 아릴 정도로, 빈틈이 없을 정도로 별이 많았어. 별들은 변함없이 저기에 있어, 그런데 지금은 조금밖에 보이지 않네. 보이지 않게 만든 것은 이쪽이지, 별은 모두 저기에 분명히 있어.

모닥불을 끄고 뒷정리를 할 때는 모두가 조금씩 허전한 기분이었다.

풀벌레 소리를 들으며 집으로 돌아갔다. 그도 함께였다.

"고마워, 정말 고마워."

"그래. 다음에 또 하자."

마음을 허락한 사람들만의 특유한 인사를 나누고, 여름은 끝났다.

하지메가 돌아가는 날, 나는 임시로 가게 문을 닫고 항구까지 그녀를 바래다 주었다.

　　몸이 눈물에 푹 젖은 것처럼 무거웠다. 밝은 해변도 침침하게 가라앉아 보였다. 앞으로는 가을, 빙수도 팔 수 없고 좋은 일은 하나도 없을 것만 같았다.

　　하지메를 위로한다는 명분으로, 오히려 내가 얼마나 힘을 얻었는지.

　　"이 배도 내년에는 없어진대."

　　나는 말했다.

　　"다음에는 버스 타고 올 수밖에 없어."

　　"그렇구나. 배 타고 오는 게 좋았는데."

　　하지메의 가방 안은 인형의 뼈가 될, 비밀의 조개껍데기와 산호 조각으로 가득했다.

　　선착장에서 아이스크림을 먹으며 배를 기다렸다.

　　여기서 집으로 돌아가는 길, 이제 하지메는 없다. 오늘 밤, 나는 혼자서 텔레비전을 보게 될까. 얼핏 선잠이 들었다가 눈을 떠도, 하지메는 없는 것일까.

이렇게 좋아하게 될 줄은, 꿈에도 몰랐다. 이렇게 좋아하게 될 줄 알았다면, 이별이 이렇게 슬플 줄 알았다면, 이런 여름은 대체 왜 있었을까.

그렇게 가슴은 제멋대로 가라앉아만 갔다.

선착장에서 내려다보는 바닷물은 투명하고, 물고기가 반짝반짝 빛나 보였다. 조그만 가오리가 팔랑팔랑 헤엄쳐 가는 것이 보였다. 저기 좀 봐, 하면서 하지메에게 헤엄쳐 가는 가오리를 가리키며 둘이 흥분하고 있었더니, 다가오는 배가 보였다.

"우리 꼭, 진짜로 해 보자. 나, 집에 돌아가면 열심히 인형 만들 거야. 천 가게에도 다녀오고. 최대한 빨리 보낼게."

하지메가 말했다.

"인기 알바생이 없어도 빙수 가게, 힘 내. 좀 정리되면, 매주, 정말 일 거들러 올게."

아, 하지메는 당장의 외로움보다 훨씬 더 멀리를 보고 있네, 하고 나는 생각했다. 헤어짐이 슬프지 않은 것이 아니라, 지금까지 경험한 역경, 그리고 삶의 어려움이 고스란히 꿈에 매달리는 힘의 원천인 것이다.

"뭐가 인기 알바생이야. 누가 정했는데?"

"너는 빙수 가게 아저씨. 나는 꽃미녀 점원."

하지메가 그렇게 말하면서 하얀 이를 드러내고 웃었을 때, 왔을 때와 똑같이 쾌속정이 제방 옆에 몸을 대었다.

커다란 짐과 풍성한 추억을 안고, 하지메의 조그만 몸이 선실로 들어가 하염없이 손을 흔들면서 항구를 떠나갔다. 하얀 선을 물 위에 남기고, 배는 조그맣게 멀어져 갔다.

뒤에 남은 나는, 한 걸음 한 걸음 모래를 밟으면서 해변으로 돌아갔다.

나는 내 가게를 꾸려 가면서 수많은 사람과 만나리라. 그리고 또 많은 사람을 이렇게 배웅하리라. 일정한 장소에 있다는 것은, 그런 것이다. 갈 때가 되면 보내야 한다……. 게이트볼을 치는 할아버지들, 그리고 언젠가는 나의 부모도. 내게 아이가 생기면, 그 아이가 빙수 가게에서 뛰어다니고…… 그렇게 될 때까지 계속한다는 것은 전혀 아름다운 일이 아니라, 너무 소박해서 답답하고, 따분하고, 똑같은 나날의 반복인 것만 같지만…… 하지만 무엇인가 다른 게 있다. 거기에는 분명 무엇인가가 있을 것이다.

　그렇게 믿고, 나는 계속해 간다.

　가을이 되어 메뉴도 조금 바꾸고 주머니를 털어 스토브를 구입할 준비도 했다. 나는 그렇게 계속 가게 문을 열었다. 처음에는 모든 일이 벅찼지만, 이 장소에서 해를 거듭하면서 나만의 방식으로 손님과 함께 진화해 갈 것이다.

　버드나무는 변함없이 살랑살랑 흔들리고, 강물은 흐르고, 바다도 똑같이 아름다운 호를 그리고 있었다.

　그런데도 무언가가 조금씩 상실되어 갔다. 이미 없어진 것을 한탄하지 말자고 수도 없이 생각했지만, 생각은 언제나 그 자리에서 맴돌았다.

　이 여름, 맨몸으로 처음 바다에 들어갔을 때, 나는 생각했다.

　언제나 바다로 들어갈 때의 똑같은 그 지점에서……　바닷속에는 옛날과 똑같은 모양의 바위가 있고, 꼭 무슨 건물처럼 웅장하게 솟아 있고…… 하지만 이미 거기에는 살아 있는 산호가 없었다. 물고기도 있기는 하지만, 옛날처럼 알록달록 생기 넘치는 색으로 파닥이지 않았다. 바다가 거의 폐허 같았다. 유적 같았다.

유적이란 과거에 웅장하고 멋졌던 것이 그 웅장함과 멋짐 때문에 남아 있는 것이라고 생각했다.

그러나, 아니다. 유적은 과거에 번영했던 아주 멋진 장소의 잔해이다.

이제 무슨 수를 써도 그 북적거림은 돌아오지 않는 것일까. 그런 생각만 해도 나는 슬펐다.

이렇게 많은 것을 잃으면서까지 얻어야 할 뭐가 있었을까?

보다 안전해진 것도, 훨씬 더 편리해진 것도 아니다. 그저 무턱대고 길을 뚫고, 오수를 흘려 버리고, 바닷가에 테라포트를 쌓고, 제방을 높이 만들었을 뿐이다. 머리를 쓰지 않은 가장 편한 방법으로, 없어질 것들은 생각지 않고.

생각했으면, 적절한 방법이 틀림없이 있었을 것이다.

돈? 누가 그런 것들과 바꿀 수 있을 만큼의 돈을 절약했거나 편할 수 있었나?

내 친구들을 돌려주었으면 한다. 하지메에게, 얼룩지지 않은 할머니의 추억을 돌려주었으면 한다. 나와 하지메가 사랑하는 것들을 돈으로 환산하지 않았으면 한다.

아무것도 없는 쓸쓸한 바닷속에서, 나는 물안경을 낀 채, 숨을 멈춘 채, 울음이 터질 것 같았다.

나의 빙수 가게 따위는, 너무도 하잘것없고, 아무 보탬도 안 되고…….

그러나 쑥 올라와, 이 조그만 몸이 짠물을 돌고래처럼 유연하게 갈랐을 때, 새파란 하늘과 산의 눈길을 또렷하게 느꼈을 때, '뭐 어때, 아무튼 계속해 보자고.' 하고 차분하고 맑은 기분으로 생각할 수 있었다. 할 수 있는 것은 그뿐이니까. 소용없는 것 같아도 해 보자, 하고.

그리하여 고대 유적이 비바람에 씻기고, 마침내 꽃이 피고, 나무가 자라고, 길도 생기고, 가게도 생기고, 온 세계에서 관광객이 몰려와 북적거리고…… 절대 옛 모습 같지는 않아도, 언젠가는 또 한때의 번영이 찾아올 수 있게…… 가능하다면, 한 마리 가녀린 새우라도 어린 성게라도 한 줌 산호라도 괜찮다……. 다시금 이 바다에 돌아올 수 있도록.

누구 하나라도 신사를 소중하게 여기며 매일 산책을 하고, 살짝 빗질을 하고, 신목에게 감사하다고, 수고하신 다고 인사할 수 있도록.

한군데라도 좋으니 조그맣고 밝은 가게가 생겨, 이 동네의 나른함에 매몰되지 않고 사람을 불러들일 수 있도록.

누구 한 사람이라도 좋으니 이 동네를 아끼고, 그리고 그 애정이 담긴 발로 길을 타박타박 걸을 수 있도록.

이 동네를 찾은 관광객이 뭐라 말할 수 없는 그리움과 정겨움을 느끼고, 또 오리라는 소중한 마음을, 여기 사는 사람들의 양식이 될 수 있는 빛을 뿌리고 가는 날이 올 수 있도록.

가을이 깊어서야 하지메의 인형이 도착했다.

나는 그 인형을 보고서 정말 놀랐다. 더없이 훌륭한 작품이었기 때문이다.

내가 그린 이상한 정령은 손바닥에 올려놓을 수 있는 아담한 사이즈에 고급스러운 천을 적절하게 사용한 중후

하면서도 통통하게 생명력이 넘치는, 귀여운 인형으로 변모해 있었다. 그것은 수호신처럼, 또는 원주민 장로처럼 경외로워 보였다.

"정말 멋진데. 이렇게 멋지게 완성될 줄은 꿈에도 몰랐어."

"나, 꽤 고생했어. 재를 올리는 틈틈이 천가게에도 몇 번이나 드나들고, 견본도 몇 십 개는 만들었어. 수도 없이 밤샘도 했고……."

하지메가 말했다.

"그래도 그런 보람이 있었나 봐. 꽤 괜찮게 완성되었어. 마리의 가게에도 팸플릿이랑 견본 전시해 줘."

"당연하지. 이 정도면, 틀림없이 팔릴 거야."

"응. 지금 인터넷 사이트 디자인 구상 중이야. 특별한 카드 디자인도, 카피랑. 사이트에 대해서는 지인에게 물어도 보면서 운영 방식을 배우고 있어. 다 정해지면 보여 줄게."

"언제부터 팔기 시작할 거야?"

"아지로로 이사하면 바로 시작하려고."

"이름은 뭔데? 하지메의 인터넷 가게 이름."

"하지메와 마리니까 'Hajimari'[10] 어때."

"와, 그렇게 뻔한……."

"왜? 귀엽잖아."

"빨리 이사해."

"응! 그리고 가게 일 거들러 갈게."

"겨울에는 한가하니까, 가게에서 인형 만들어도 돼."

"언젠가, 우리 둘이 조금 더 넓은 데를 빌릴 수 있으면 좋겠다. 그럼, 거기다 재봉틀 갖다 놓을 거야."

"허름한 집 하나 빌려서 사무실로 써도 되겠네. 나는 처마 밑에서 빙수 가게 하고. 나, 결혼하더라도, 빙수 가게는 계속할 거니까."

"나도."

"그래, 모든 게 지금부터 시작이야."

"아지로에도 놀러 와. 이번에는 내가 안내해 줄 수 있으면 좋겠네."

나를 만나고, 인형을 만드는 일에 눈을 뜬 후로 하지메는 미래를 보게 되었다. 할머니 집은 역시 철거되는 듯

---

10 일본어 '하지마리(はじまり)'는 '시작'을 의미한다.

했다. "하지만 그 일로 마음을 앓거나 거부하는 건 이제 그만두기로 했어. 할머니도 좋아하지 않을 것 같아서." 하지메는 그렇게 말했다. 할머니의 그 커다랗고 비싼 비취 반지는 사이즈를 줄여 하지메의 손가락에 자리잡은 듯하다. 아무도 모르게.

전에는 아지로로 이사하는 것을, 싸움에 아주 조금 진 것이라 여겼지만 이제는 새로운 생활을 기대하게 되었다고 한다. 물론 여기에서 가깝다는 이유도 있다. 아빠도 정년 퇴직할 때까지는 즐거운 마음으로 통근하실 계획인 듯하다.

"고기, 큰 덩어리째 들고 놀러 갈게."

그렇게 말하는 내 눈앞 오디오 세트 위에는, 5엔짜리 동전으로 만든 금색 달마 상과 함께 하지메가 만든 봉제 인형이 놓여 있다.

묘하게 생긴 눈으로 이쪽을 똑바로 보고 있는, 뼈가 있고 의미도 있는 인형이다. 나는 자신이 오래도록 그려 온 낙서가 이렇게 생명을 지니게 된 것이 놀라웠다. 그저 좋아서 그렸을 뿐 이렇게 될 것은 바라지도 않았기 때문이다. 만약 어린아이가 이 인형에게 말을 걸면서 자라 준다면, 내게 빙수 가게가 그런 것처럼 확실하고도 깊은 의미가 있는 것이 된다.

"몇 년 전까지만 해도 이 솔숲에 빙수 가게는 없었어. 그리고 이 인형도, 얼마 전까지는 이 세상이 없었지. 내 머릿속에서만 살아 있는 생물이었는데. 그런데 지금은, 이렇게 존재하고 있잖아……이거, 어쩌면 대단한 일인지도 몰라."

나는 생각했다.

의도하고, 자긍심을 갖고 꾸준히 노력하고, 머리를 써서 여러 가지로 고민하면 정말로 이루어진다.

이 세상에, 지금까지 형태도 흔적도 없었던 무언가를 만들어 내고, 그걸 유지할 수 있다.

인간은 엄청난 힘을 갖고 있다. 누가 없애 버리려 하거나, 일부러 획일화하려 해도, 아무리 억압해도 절대 없어지지 않는, 그런 힘을.

때로 생각한다.

바다의 뚜껑

가을이 깊어져 가는 바다는 쓸쓸하고, 나는 하지메가 찾아올 날을 기다리고 있다.

그 쓸쓸함은 절대 나쁜 쓸쓸함이 아니다. 마음속의 잔잔한 물을 맑게 걸러 주는 듯한 쓸쓸함이다. 그리고 이 계절이 있기에 여름의 그 거친 힘에 휩쓸렸던 모든 것이 다시 고요해질 수 있는 것이다. 따뜻하게 감싸 주는 것의 미덕이 한결 도드라져, 나 역시 가을의 일부로 아름답게 섞여 든다.

올 가을 메뉴는 카페라테와 카푸치노지만 빙수가 팔리는 여름이야말로 진짜 나의 계절. 이 시기의 나는 은거한 사람처럼 느긋한 기분으로 혼자 가게에 앉아 솔숲 너머로 바다를 바라본다. 손님은 네 쌍뿐이었지만, 소곤소곤 즐거운 얘기도 나누었고, 다음 여름에 또 온천을 찾아 줄 것 같은 관광객도 있었다. 맞아, 오늘은 엄마가 꽁치를 구워 주겠다고 했지, 맥주가 거의 떨어져 가니까 슈퍼에 들러 사 가는 편이 좋을지 전화해 봐야겠네. 오늘 아빠는 늦게 들어오는 날이었나?

이렇게 걷고, 그런 자잘한 생각을 하면서 높고 맑은 가을 하늘의 쓸쓸함을 앞으로 몇 번이나 느낄 수 있을까?

해변을 걷는 발의 무게와, 귀에 울리는 파도 소리의 느낌, 바람을 맞는 이 볼의 싸늘함을, 앞으로 과연 몇 번이나?

그것은 헤아릴 수 있는 정도의 숫자에 지나지 않을 것이다.

거푸 돌아오는 계절을 영원히 볼 수는 없다. 적어도 버드나무보다는 먼저, 나는 이 세상에서 사라지리라.

친구가 있고 가족이 있어도, 그것은 변하지 않는다……. 그렇게 생각하면, 사랑하는 이 세상 것들의 그 반짝임에……버드나무와 빙수, 차갑게 일렁이는 가을 바다, 엷고 투명한 구름, 그리고 사랑하는 사람들의 얼굴이 떠오른다……. 그 모든 것에 나는 늘 조금은 울고 싶어진다. 몸이 있어 여기에 존재하는 그 짧음을 생각한다. 짧은데, 너무 좋아하고 말았다.

이렇게나, 이렇게나 좋아하고 말았다.

시골 한 빙수 가게의 털털한 나도 눈물에 젖곤 하는 때가 있다.

저 남쪽 섬의 망고스틴 가로수 길에도 가을이 찾아왔을까. 그 아주머니는 오늘도 북실북실한 개와 함께, 그 길을 천천히 산책하고 있으리라. 그녀의 장소, 그 사랑스러운 길을.

그 아줌마는 자기 생각에 따라 제 발로 고향으로 내려와 고향을 사랑하고 또 미워하면서 가게를 꾸리고 있고, 망고스틴 가로수 길을 지키면서 소탈하게 살아가고 있을 뿐인데, 내 인생을 이렇게나 바꿔 놓았다.

그리고 하지메는 그녀 자신도 힘겨워 견딜 수 없는 시기였는데, 내 일을 거들고 나를 찬찬히 관찰하고, 또 이 동네를 좋아하게 되었다. 그리고 우연히 자신이 지금 하고 싶은 일도 찾았다.

모두가 자기 주변의 모든 것에 그만큼 너그러울 수 있다면, 이 세상은 틀림없이……

별빛이 이어지듯 그것은 커다란 빛이 되어, 맞설 길이 없을 만큼 거대하고 캄캄한 어둠 속에서도 빛나 보이리라.

마치 언젠가 곳에서, 한없이 멀리까지 이어지는 내 고향 바다와 사랑하는 만의 풍경을 하염없이 바라보았던 때처럼. 금빛에 싸인 먼 바다의 반짝임을, 눈을 찡그리고 바라보았을 때처럼.

지금 내 두 눈으로 보고 있는 것처럼, 나는 그렇게 생각했다.

옮긴이의 말

어제와 오늘이 다르게 변화가 빠른 세상이다.

어렸을 적 살았던 동네는 재개발의 너울을 타고 흔적도 없이 사라져, 희미해진 기억만큼이나 부예진 사진으로나 그 풍경을 더듬을 수 있다. 그때 시장통에서 동전 하나로 사 먹을 수 있었던 빙수 한 그릇이 한여름의 행복이었던가. 빨강 파랑 노랑 강렬한 색상에 사로잡혔던 어린 입맛과, 사각사각 퍼먹으면 혀가 얼얼해지면서 몸이 푸르르 떨리던 그 감각이 여름의 추억이었던가.

나이가 들면서 그 맛도, 시장통의 북적거림도, 여름의 기억도 까마득히 멀어지고 말았다.

하지만 몸속에 차곡차곡 쌓여 한 인간의 삶과 역사가 되고 또 내일을 사는 힘이 되는 기억들이 있다.

그 여름, 하지메와 마리의 만남 또한 그런 것이었다고 할 수 있을까.

바닷가에 아담한 빙수 가게를 차린 마리의 귀향은 세상의 변화를 따라잡지 못해 쇠락한 고향 마을에, 삶이 단순하지만 풍요롭게 돌아갔던 어린 시절의 감각을 되살려 놓으려는 작은 노력이었지만, 인생의 질곡에 지친 하지메에게는 내일을 기약하는 힘이 되었으니. 흐르는 시간과 함께 많은 것들이 잊히고 사라지고 보다 좋고 편리한 것으로 덧입혀진다. 더불어 삶의 모습도 시시각각 변화하지만, 어제에서 오늘로 그리고 또 내일로 이어지는 부단한 흐름을 이루는 것은 삶의 근간을 단단히 지키는 일이란 빙수 한 그릇으로 대변될 만큼 소박하고 작으나마 존재의 의미를 되새기게 해 주는 발판을 딛고 변화를 인정하되 휩쓸리지 않으면서 살아가는 것, 그리고 아침이 오면 어제의 기억을 소중하게 품고 또 새로운 하루를 시작하는 것이리라.

2016년 비 내리는 여름날, 김난주

옮긴이의 말

옮긴이 **김난주**

1987년 쇼와 여자대학에서 일본 근대문학 석사 학위를 취득했고, 이후 오오쓰마 여
자대학과 도쿄 대학에서 일본 근대문학을 연구했다. 현재 대표적인 일본 문학 전문
번역가로 활동하며 다수의 일본 문학을 번역했다. 옮긴 책으로 요시모토 바나나의
『키친』, 『하드보일드 하드 럭』, 『하치의 마지막 연인』, 『암리타』, 『불륜과 남미』, 『하
얀 강 밤배』, 『슬픈 예감』, 『아르헨티나 할머니』, 『데이지의 인생』, 『그녀에 대하여』,
『안녕 시모키타자와』, 『막다른 골목의 추억』, 『사우스포인트의 연인』, 『도토리 자매』,
『스위트 히어애프터』, 『N·P』 등과 『겐지 이야기』, 『모래의 여자』, 『가족 스케치』, 『홈
치다 도망치다 타다』 등이 있다.

바다의 뚜껑

1판 1쇄 펴냄 2016년 7월 15일
1판 12쇄 펴냄 2024년 6월 21일

지은이   요시모토 바나나
옮긴이   김난주
발행인   박근섭·박상준
펴낸곳   **(주)민음사**

출판등록 1966. 5. 19. 제16-490호
주소   서울특별시 강남구 도산대로1길 62(신사동)
      강남출판문화센터 5층 (우편번호 06027)
대표전화 02-515-2000 | 팩시밀리 02-515-2007
홈페이지 www.minumsa.com

한국어 판 © **(주)민음사**, 2016. Printed in Seoul, Korea

ISBN 978-89-374-3320-7 (03830)